COLLECTION FOLIO

Grégoire Polet

Excusez les fautes du copiste

Gallimard

Grégoire Polet a trente ans. Il a publié, aux Éditions Gallimard, *Madrid ne dort pas* en 2005, *Excusez les fautes du copiste* en 2006 et *Leurs vies éclatantes* en 2007, roman qui a été retenu dans la première sélection du prix Goncourt.

Pour Émilie

« Excusez les fautes du copiste. »

BALZAC
Le Cousin Pons

« On voit tous les jours du nouveau dans le monde ; les plaisanteries se changent en vérités et les moqueurs se trouvent moqués. »

CERVANTÈS
Don Quichotte

Prologue

Aurais-je cru pouvoir, un jour, raconter ma vie avec sincérité ? À quelqu'un qui m'écoute honnêtement ? Je suis heureux de ma situation, que peu de monde envie, probablement, et qui m'offre cette occasion rare dans la vie d'un homme. C'est un grand délice, un grand moment d'exaltation aussi, de n'avoir qu'un souci et qu'une seule occupation : produire la vérité toute simple, en toute liberté.

Je suis un drôle de cas. Quand je regarde ma vie, à présent, j'ai l'impression de voir une démonstration, une explication tout évidente de ce que je suis devenu. Parce que j'ai toujours tout raté, avec une régularité exemplaire. Un homme parfaitement chanceux, un homme qui réussit tout ce qu'il entreprend, ne s'étonne pas d'arriver au but naturel de son destin. Et je crois qu'un parfait raté, un homme qui manque systématiquement tous les virages de sa vie, ne s'étonne pas plus de l'exactitude de sa trajectoire. Parfois je me dis qu'il est téméraire de distinguer le parfaitement raté du parfaitement réussi. Il y a quelque chose de parfait dans les deux, une même force obscure qui les pousse et les fait fatalement sortir de l'ordinaire, et les deux destins, peut-être, se confondent.

Mais soyons simples : je suis un raté. C'est l'opinion de tous. C'est la mienne aussi. Même si ça ne change rien.

Une dernière chose, avant de commencer. Ce n'est pas seulement parce que j'ai perdu la voix, depuis quelque temps déjà, mais c'est aussi par désir personnel que j'ai demandé de faire tout ceci par écrit. Le silence et la solitude m'étaient indispensables. Et je veux m'excuser dès le commencement pour la médiocrité de mon style : je ne suis pas un écrivain, et je rédige avec cette simple langue que j'ai parlée tous les jours de ma vie, sans jamais apprendre à faire un livre.

PREMIÈRE PARTIE

1

À l'âge où l'on commence à n'être plus seulement le fils de ses parents, à l'âge où l'on doit commencer à être quelqu'un, j'ai commencé à tout rater.

J'ai choisi mes études : l'art, section peinture. J'ai certainement mal choisi.

Que serais-je devenu si j'avais étudié le commerce ou le journalisme ? Autre chose, assurément. J'ai le vertige quand j'y pense.

J'ai choisi l'art, donc. Et j'ai réussi mes études si médiocrement que c'était, au fond, la pire manière de les rater. Réussir aussi mal, c'est s'engager dans une voie où l'on est manifestement destiné à être assez mauvais, et dont un échec plus franc nous aurait judicieusement détournés. J'ai magnifiquement raté ma réussite.

Et en effet, un diplôme si maigrement gagné avait laissé de moi, dans le souvenir des professeurs et dans l'opinion de tous ceux qui les connaissaient dans le milieu, une image très décevante.

Or, c'est justement un milieu qui, comme beaucoup d'autres, fonctionne principalement sur recommandation. Le diplôme est une forme vide : son contenu, c'est la recommandation. Personne n'a pu, personne n'a voulu me recommander.

Je m'étais passionnément amouraché d'une jeune femme, quelques années auparavant, et, dès que le mauvais diplôme m'eut donné l'illusion que je devenais solvable, je l'ai épousée.

Mariés, vivant sur le salaire de mon épouse — elle était secrétaire — et sur l'espoir d'un argent que je ne doutais pas encore de gagner, nous eûmes la joie d'attendre un enfant.

Ma femme — c'est une chose pourtant rare dans nos temps médicalisés — est morte en couches, et je me suis retrouvé veuf, papa, et sans ressources.

Mes parents étaient des incapables. Ils n'étaient pas du genre à me sustenter longtemps, à cause de leur faible niveau de vie, à cause de leur naturel passif, distant, et parce qu'ils étaient déjà fatigués d'un fils auquel ils estimaient avoir donné tout ce qu'ils pouvaient pour se lancer dans la vie.

Bref, j'avais vingt-quatre ans, une petite Isabelle en bonne santé, souriante, tranquille, un vrai soleil, et j'étais sans le sou. Je n'étais pas fainéant, et j'ai pris un boulot, qui m'humiliait, mais qui était le seul qui me fût accessible rapidement. Je suis devenu professeur de dessin dans une école pour jeunes filles. De quoi vivre décemment.

J'ai oublié de dire que les parents de Nicole, ma défunte épouse, avaient péri, avant que je la rencontre, dans le terrible incendie des magasins de *L'Innovation*, et qu'ils lui avaient laissé en héritage, outre une très insignifiante fortune, une belle et grosse maison qu'ils possédaient — patrimoine familial — avenue Brugmann. C'est là que nous nous étions installés, Nicole et moi ; et c'est là que nous vivions, maintenant, la petite Isabelle et moi.

Mon salaire m'obligeait de laisser sans chauffage les deux étages supérieurs de la baraque, et nous vivions, Isabelle et moi, au rez-de-chaussée et au premier. J'avais un grand regret de cette situation parce que, tout raté que je commençais déjà d'être, j'étais quand même artiste, et, en tant que tel, j'étais sensible à certaines imaginations concernant, notamment, les grandes maisons froides, de sorte que j'ai toujours craint que cette moitié froide de la maison, au-dessus de notre tête, cette espèce de demi-corps paralysé, ne laisse d'immatérielles traces dans l'âme de mon enfant, une espèce de vide hanté, où j'ai peur aujourd'hui de reconnaître la cause lointaine de cette timidité mystérieuse et froide, inquiétante et dure, silencieuse et béante, qui est un des traits les plus profonds du caractère d'Isabelle. J'avais peur qu'elle devienne, en un mot, une femme à la Khnopff. Et c'est ce qu'elle est devenue, je crois.

2

Bref. J'étais prof de dessin dans cette école de naphtaline pour filles d'Ancien Régime, et je me morfondais. J'avais de mauvaises pensées. Je me faisais honte et je m'isolais. J'abandonnais mes rares relations avec les quelques copains que j'avais et pour qui, je m'en suis rendu compte assez vite, je n'étais pas absolument indispensable. Quelques années à être d'humeur mélancolique et déprimée suffirent pour qu'on m'oublie, qu'on ne m'appelle plus et qu'on se passe de moi.

Je n'avais pas le courage ou le désir de revenir à la charge, je laissais faire, j'étais seul, avec Isabelle, et je passais mon temps à dessiner et peindre des tableaux que je ne proposais même plus aux galeristes, qui m'avaient définitivement habitué au refus systématique, ni aux concours, où je ne remportais jamais le moindre prix. J'étais pourtant doué d'une technique impeccable — c'est le mérite dramatique que mes profs m'avaient toujours reconnu et qui m'avait fait passer chaque année d'études —, mais je souffrais d'un impardonnable manque d'originalité. Je le reconnais. Tout ce que je dessinais, tout ce que je peignais finissait, au fur et à mesure que l'œuvre prenait forme, par ressembler à quelque autre dessin, quelque autre peinture, que je connaissais et dont je ne me souvenais pas forcément au moment de tracer le premier trait sur le papier. Cela me désolait, sans doute, mais j'étais comme ça, et je ne pouvais pas me passer de dessiner.

Je lisais aussi. Toutes sortes de choses. Je me fournissais au Vieux Marché, en livres d'occasion. À peu près n'importe quoi, pourvu que ce soit un peu vieux. À force, je m'étais fait connaître par le bouquiniste du coin en bas, sur la place du Jeu-de-Balle, à côté des Bains publics. Émile Dekoning. Un type qui s'était laissé pousser les moustaches nietzschéennes de son auteur favori et homonyme, Émile Verhaeren.

Je lisais, donc, et Émile Dekoning avait fini par me réserver ma pile hebdomadaire de livres jaunis. Je sortais les samedis matin, quand la petite était levée, habillée, nourrie, et nous descendions en tram depuis notre maison de l'avenue Brugmann jusqu'au palais de justice, où il nous restait une petite promenade — ma demi-heure de bonheur — jusqu'au Jeu-de-Balle. Émile me donnait les deux sacs de supermarché pleins de livres ; on prenait avec lui un café au bar du même coin ; Isabelle jouait avec ses moustaches et je causais.

C'était la seule occasion que j'avais de parler de moi. Émile était la seule personne qui s'intéressait à ce que je disais. Au début, je parlais surtout de livres et de tout ce que j'imaginais qui ne l'ennuierait pas, de peur de perdre celui qui commençait d'être mon unique ami. Puis, au fil des semaines et des mois, Émile avait fini par me mettre en confiance et par abattre les remparts que je dressais autour de moi. Il s'intéressait à moi, il me posait souvent des questions sur ma vie, sur ce que je faisais. Il voulait voir mes dessins, et je lui en apportais de temps en temps, qu'il parvenait même à vendre — modestement — et sur lesquels il ne me roulait pas. Bref, le samedi matin, je rechargeais mes batteries et je revenais à la maison avec l'envie d'être déjà samedi prochain, et avec quelques centaines de pages à lire.

Ce qu'Émile me fournissait le plus souvent, c'était de la littérature fin XIXe, début XXe. C'était la période la plus facile, à l'époque, pour les bouquinistes, qui récupéraient les fonds de grenier des grands-mères décédées et où ces livres-là étaient en si grand nombre qu'ils en devenaient presque sans valeur sur le marché du livre ancien. Je ne manquais pas de place, dans mon immense maison, pour accumuler les volumes sur d'interminables étagères, à tous les étages et dans toutes les chambres. Je ne manquais pas de temps non plus, et je lisais énormément.

Isabelle, depuis toute petite, passait son temps sur le vieux piano que ses grands-parents maternels avaient laissé là comme une prédestination pour elle. Mon salaire et les petites ventes de dessins — grâce à Émile — me donnèrent de quoi payer des cours de piano à mon petit ange, qui, à l'époque, allait sur ses sept ans, et qui ne se lassait pas d'emplir la maison du son aigre et fêlé du grand piano. Elle était très douée, déjà, et quand Émile lui trouvait quelque vieille partition illustrée de gravures, elle jouait des pièces, des chansons fin de siècle, exactement contemporaines de la maison où nous habitions et dont les vitraux, alors, les hauts plafonds, les lustres, le papier peint et le dallage se ranimaient et vibraient à l'unisson. C'était dans cette atmosphère que je lisais et que je dessinais.

Chaque fois que j'achevais un livre, je le rangeais à la suite du précédent sur les étagères, constituant ainsi le seul héritage certain et personnel que j'étais rassuré de pouvoir laisser à mon précieux enfant, et je commençais un nouveau livre, pioché au hasard dans les sacs en plastique. Cette manière de procéder, arbitraire, faisait que je ne reprenais jamais un livre sur l'étagère des livres lus, mais aussi que je piochais parfois un livre déjà lu l'année précédente. Émile n'avait pas la mémoire infaillible. Et les livres que j'ai relus le plus de fois, à cause de lui, étaient forcément ceux que nos grands-mères lisaient aussi le plus et qui réapparaissaient souvent dans les stocks de mon amical fournisseur. C'est ainsi que j'ai lu beaucoup Verhaeren et Maeterlinck, Zola et Daudet, Bourget et Champsaur, Morand et Gyp, Abel Hermant et Huysmans, Gide et Proust, et une quantité de livres qu'on ne lit plus guère aujourd'hui et qui me constituaient une sorte d'imaginaire décalé. Sans conteste, le roman qui m'est revenu le plus souvent en main, c'est *Bruges-la-Morte*, de Rodenbach. Une fois par an, au moins, je le piochais dans les sacs plastique. Émile aimait Rodenbach et il n'hésitait pas, je suppose, à m'inoculer les mêmes goûts que lui. J'aimais aussi, et je le relisais chaque fois. D'ailleurs, je relisais tout. Je ne transférais jamais un livre des sacs jusqu'à l'étagère sans l'avoir lu en entier. Puisque je lisais sans but, seulement pour passer le temps, il n'y avait pas de raison pour ne pas relire un livre connu. Même, j'y prenais un certain plaisir. Relire, c'est une activité curieuse. D'abord, on reconnaît le livre comme un vieux copain, on se souvient, on le prévoit, on s'étonne de ce qu'on avait oublié, on y trouve de nouvelles choses. Puis, quand c'est la troisième, la quatrième fois, on le connaît si bien qu'on y entre comme dans un lieu familier, comme chez soi. C'est reposant. On a l'impression qu'on l'a écrit, qu'on est exactement son auteur. Les pages et les chapitres deviennent les pièces, les chambres, les couloirs, l'escalier, les fenêtres et le jardin d'une maison qu'on habite.

3

Vraiment, je menais une vie d'artiste. Ou d'esthète. Hormis l'école, où je passais le moins de temps possible, j'étais dans la musique d'Isabelle, dans les disques que je lui achetais quand je pouvais et qu'elle écoutait beaucoup, dans les livres, devant mon chevalet, au parc Royal, sur un banc, à dessiner les statues, et au musée, le mercredi après-midi, quand l'entrée était gratuite et que la petite avait congé.

J'avais de la chance : Isabelle aimait le musée. On racontait des histoires à partir des tableaux. Le soir, pour retarder l'heure d'aller au lit, elle voulait qu'on refasse ces histoires, au détail près, et elle ne daignait monter que quand nous ne trouvions plus rien qui ait pu nous échapper. Tous les éléments du tableau devaient revenir dans le conte, et peu importait que l'histoire n'ait eu ni queue ni tête, pourvu que rien du tableau n'ait été oublié.

La plus fabuleuse histoire que nous ayons ainsi

inventée fut celle qui reproduisait dans tous ses détails *Le Dénombrement de Bethléem*, de Bruegel. Tous les personnages, pas seulement Marie et Joseph, avaient reçu un nom, on savait combien d'oiseaux il y avait sur le tableau, et d'où ils venaient, et où ils allaient. On avait désigné un maître pour le chien, un propriétaire pour chaque maison, des liens de parenté et de voisinage pour chaque personnage. On savait l'heure exacte de la scène, à cause du ciel. On savait la date exacte.

Et les mercredis après-midi passaient devant le même tableau, toujours le même, qu'on connaissait par cœur et qui était un monde où elle et moi nous nous retrouvions vraiment à deux, avec tous nos amis et nos ennemis imaginaires. Isabelle était une enfant magnifique.

Mais il faut que je m'arrête, ou je pourrais continuer indéfiniment à parler d'elle, à cette époque angélique de son enfance. Il faut que je revienne au fil de mon histoire.

Émile Dekoning, donc, et Jeanne Delin, la professeur de piano de la petite, étaient les seules personnes qui franchissaient assez régulièrement le seuil de notre maison. De temps en temps, une fois tous les deux ou trois mois, je les invitais à manger. Nous étions alors dans la seule pièce de la maison qui soit vraiment agréable et habitée, celle de l'arrière, qui donne sur l'enclos du jardin, et où j'avais mon chevalet, mes toiles et mes dessins récents, et où Isabelle accumulait sur l'aile du piano, autour de la photographie encadrée de Nicole, sa mère, les partitions qu'elle dévorait comme je dévorais les romans fin de siècle. On mangeait des tartines, parce que je ne cuisinais jamais.

Je me suis rendu compte assez vite qu'Émile et Jeanne, qui s'étaient rencontrés chez moi, un jour, par hasard, s'entendaient bien. J'étais si peu doué pour les relations humaines que, en peu de temps, j'avais dû constater qu'ils avaient tissé entre eux un lien plus serré que celui dont j'avais été capable en plusieurs années avec l'un ou avec l'autre. Ils se voyaient à deux, assez souvent, indépendamment de moi, et je les soupçonnais même — Jeanne n'étant pas la plus belle et vivant seule — de partager de temps en temps leurs solitudes.

Le père de Jeanne était éditeur, et ses publications étaient assez variées. Émile, qui connaissait mes talents, avait dû en parler à Jeanne et, un jour que nous étions chez moi, ils me proposèrent un travail qui me plut : fournir au père de Jeanne des illustrations pour une collection de livres pour enfants qu'il avait le projet de créer et qui s'appellerait *Abracadabra*. J'acceptai, évidemment. Le travail était rémunéré.

Il n'y avait qu'une fausse note. Le père de Jeanne, en effet, n'était pas forcément le plus honnête des citoyens. Il voulait que je travaille au noir. Les illustrations seraient anonymes, leurs droits réservés à la maison d'édition et — en prévision de quelque contrôle — l'éditeur s'en déclarerait le dessinateur.

Je n'avais aucune envie de refuser et je considérais que ces dessins n'auraient jamais une valeur ou une chance telles qu'ils fassent l'objet d'une vente dont la cession de mes droits me priverait des bénéfices.

Et je n'ai effectivement rien perdu à accepter la proposition. Je dessinai, donc, sur commande, des petites scènes qui s'attachaient aux épisodes que l'éditeur cochait d'une croix sur le manuscrit. C'était la première fois que je faisais vraiment mon métier. Botticelli ne travaillait-il pas à la commande, lui aussi ? Et Michel-Ange ?

J'ai créé ces illustrations avec l'énergie et l'enthousiasme d'un jeune premier, ému jusqu'aux larmes quand Jeanne m'apprenait que son père était très satisfait de mon œuvre. L'éditeur me fit savoir, par l'intermédiaire de sa fille, qu'il valait mieux, par sécurité et en cas de contrôle ou d'enquête, que je ne sois pas en possession des livres, chez moi. Cela m'attristait, mais je comprenais que c'était le prix à payer. Je ne reçus donc aucun exemplaire — j'en achetai un, en secret, sur les vingt-cinq livres que compta la collection — et je dus me défaire aussi des croquis et des originaux, que Jeanne transmettait à son père.

À mi-course, après le douzième volume, Jeanne

me fit savoir que son père m'enjoignait de modifier quelque peu mon style, qui commençait — je jure que je ne m'en rendais pas compte — à ressembler tellement aux bonshommes et aux décors de Bruegel, qu'il craignait qu'on soupçonne une reproduction camouflée ou plagiaire.

L'argent que je gagnai avec cette affaire, menée en deux mois de travail incessant mais jouissif, était équivalent à deux mois de mon salaire de petit enseignant. Je me suis senti riche ; quelque chose commençait de changer dans ma vie.

4

J'avais eu l'habileté de ne pas broncher quand Jeanne m'avait prévenu qu'elle comptait prélever sur mes gains une petite commission. Elle trouvait cela naturel, puisque, sans elle, je n'aurais pas eu l'affaire. Et j'appris un peu plus tard qu'Émile aussi touchait quelque chose, pour lui avoir indiqué la personne idéale — moi.

Je fus habile, dis-je, parce que, intéressée au bénéfice, elle était donc intéressée à ce que d'autres commandes me soient faites. Et, en effet, après quelques mois, j'eus à nouveau du travail d'artiste. Il s'agissait cette fois de couvertures, pour le même éditeur. Il n'y avait qu'un dessin à faire par livre, mais c'était en couleurs. Le travail était un peu moins agréable aussi, parce que je ne pouvais pas y faire participer ma fille avec autant de plaisir : ce n'étaient plus des livres pour enfants, mais des romans à l'eau de rose, à prétention érotique. Au fond, ce n'était pas très sulfureux, mais Jeanne me faisait savoir que le désir de son père était que la couverture donne une idée plus suggestive que ne l'était le bouquin. C'était une manière de projeter sur le texte une connotation affriolante qui oriente l'acheteur. Mon dessin devait donc, finalement, sulfuriser des textes somme toute assez neutres.

Je ne cachais rien à Isabelle, mais je ne la mettais pas non plus dans le coup. Et de devoir imaginer et peindre des scènes lestes, suggérer des points de vue indécents, ménager des détails allusifs et des doubles sens fétichistes, cela faisait revenir les mauvaises pensées contre lesquelles j'avais lutté, jadis, au début de mon mandat de prof dans l'école pour jeunes filles, et qui m'avaient fait passer quelques années déprimantes.

Je replongeais un peu dans cette dépression, j'étais à nouveau en guerre contre moi-même, j'avais perdu la sincérité du regard et la bonne humeur du matin. Même Isabelle, parfois, m'énervait. Et c'est à cette époque que je lui ai donné la seule gifle de mon existence, qui m'est restée longtemps comme un sinistre cauchemar. Je revoyais cette gifle colérique, et je repensais à Hugues Viane, dans *Bruges-la-Morte,* quand il perd le contrôle de lui-même et qu'il étrangle la jeune femme.

J'avais peur de perdre, un jour, le contrôle, de devenir un monstre. Je n'avais aucun repère, aucun garde-fou, aucune obligation morale dans ma vie, si ce n'étaient l'amour et l'affection pour ma fille. Si je la giflais, si je ne respectais plus ce seul sanctuaire de ma vie, qu'est-ce qui me retiendrait encore de la déchéance complète ?

Il fallait pourtant que j'exécute ces couvertures. C'était mieux payé que les précédentes illustrations, même si cela me demandait nettement moins de temps, et je ne pouvais pas repousser une commande sans craindre qu'on ne m'en fasse plus. Ce n'était qu'un mauvais moment à passer.

Cette fois-là encore, Jeanne me refusa deux couvertures, que son père, me dit-elle, jugeait copiées, l'une d'Egon Schiele, et l'autre de Félicien Rops. Je ne pouvais pas le nier, c'était criant, mais — et je le jure — je ne l'avais pas fait exprès.

5

Après cette commande-là, j'en eus d'autres. Toujours par Jeanne et Émile, et pour le compte du père éditeur. Le temps passait. Isabelle grandissait. Quand elle eut douze ans, mon travail d'illustrateur, depuis quelques années, me rapportait davantage que mon boulot de prof. Devant ce glorieux constat, Émile et Jeanne me suggérèrent d'abandonner cette place à l'école, dont ils savaient qu'elle me rendait malheureux, et de me consacrer entièrement à mes commandes. J'aurais plus de temps, je pourrais accroître encore le nombre de collaborations — la tâche semblait sans fin — et même envisager d'étendre et de diversifier mes activités artistiques.

Au fond, je n'attendais que ça. À la fin de l'année scolaire, je donnai ma démission à l'épineuse directrice de l'école, en laissant entendre que je m'en allais sans regret. Comme elle me rendait la pareille, je surenchéris ; elle fut outrée ;

je déchargeai sur elle toutes mes rancœurs ; elle m'insulta, elle me montra soudain le mépris où elles me tenaient depuis le début, elle et les collègues. Je devins odieux, répugnant, je passai toutes les bornes. Je me rendais compte, d'ailleurs, que les bornes se passent très vite et très facilement quand on quitte un endroit où l'on ne laisse rien, quand on n'a rien à perdre. J'avais même l'impression de n'avoir aucune borne et, en sortant de l'école, échevelé, la main éraflée par les coups que j'avais donnés à la table, aux portes, aux classeurs, aux murs, je ressentais la même angoisse qu'au temps de cette gifle dont j'avais fouetté Isabelle : un sentiment d'animal, de bête sans laisse, sans raison, sans demeure.

J'ai attendu qu'Isabelle soit au lit pour raconter l'épisode à Jeanne et Émile. Ils rirent. Ils rirent beaucoup. Ils estimaient que je m'étais libéré d'une situation castratrice, et que ce genre de libération devait passer forcément par la colère et la violence. Ils me félicitèrent, ils me fêtèrent, et nous sortîmes boire du vin blanc à Saint-Géry. Ce fut la première fois que je laissai Isabelle seule, la nuit, à la maison.

Quelques mois plus tard, Jeanne, son professeur de piano, qui était aussi devenue en quelque sorte mon manager, nous avertit qu'elle se déclarait désormais incompétente pour en apprendre encore au petit génie. Il fallait faire appel à un plus gros professeur, un plus grand pianiste, en attendant qu'elle puisse être admise aux classes anticipées du Conservatoire royal.

Je n'avais pas encore réalisé, à l'époque, que le choix de mes études avait été désastreux. J'estimais que l'art était la seule activité qui ne fasse pas de l'homme un prolétaire s'éreintant pour des buts qui lui sont étrangers. J'ignore comment j'ai pu m'aveugler à ce point. J'étais le contre-exemple parfait de ma propre conviction. Mais, quoi qu'il en soit, je fus flatté de ce qu'Isabelle semblait destinée à devenir ce que peu de gens sont : une artiste talentueuse, qui demandait un traitement particulier.

Ce fut un moment charnière dans mon existence, quand j'y repense, et dans celle de ma fille. Je continuais, en effet, entre autres commandes, mes dessins frivoles. Cette humeur maussade me poursuivait, et cette image salie de moi-même. Mais je ne voulais, je n'ai jamais voulu, pour Isabelle, que le meilleur et le plus pur. Et je ne me sentais plus capable, plus digne de le lui offrir. Par décence, par pudeur aussi, je m'éloignais un peu d'elle. Je créais une distance, pour la protéger de cette personne un peu lamentable que je me sentais devenir. Elle-même, en grandissant, se faisait absorber par le monde extérieur qui, pour elle, se résumait encore à l'école. Elle était fort peu sociable, pourtant, elle n'avait que peu d'amies, mais c'était déjà beaucoup pour moi et cela modifiait l'exclusivité de notre intimité.

Petit à petit, je me rendais compte que nous ne vivions plus tout à fait dans le même monde. L'occasion de changer de professeur de piano tombait finalement à point nommé pour marquer cette transformation, pour donner un prétexte extérieur à cette rupture commençante que je percevais intérieurement.

Le prof en question n'était plus de ceux qui se déplacent pour des cours à domicile. Isabelle devrait sortir, deux fois par semaine, passer une heure et demie chez lui. Et j'ajoutais déjà mentalement le temps des trajets, ce qui me laisserait plus seul, plus longtemps séparé d'elle. Ce qui la laisserait aussi plus indépendante, plus libre, et sous l'influence d'un autre homme, dans une autre maison. Je savais que je coupais le cordon ombilical en acceptant la proposition de Jeanne, mais il me semblait que c'était le moment judicieux de le faire.

Je ne m'attendais pas à ce que ces nouveaux cours de piano soient aussi chers. Abraham Kahn était pourtant une connaissance de Jeanne, et elle avait obtenu un prix favorable. Même si mes illustrations nous faisaient vivre, la suppression de mon salaire d'enseignant amaigrissait le pécule mensuel, et je m'inquiétais.

Émile connaissait par les Puces un brocanteur en tableaux, qui cherchait des restaurateurs au noir. En abandonnant mon poste officiel, à l'école, je ne m'étais pas mis à déclarer mon travail d'illustrateur — l'éditeur ne l'acceptait pas — mais je m'étais constitué une couverture. J'étais enregistré comme indépendant, et je dispensais, prétendument, des cours de dessin. Malgré les charges sociales, tout dans tout, le jeu en valait la chandelle. Une fois couvert, j'étais très disponible pour toute espèce de travail caché, et j'acceptai de restaurer sans facture quelques tableaux pour le brocanteur.

J'appris beaucoup en faisant cela. Non seulement j'appris à élaborer des couleurs exactement identiques, des matières et des applications tout à fait semblables, mais aussi à connaître et à maîtriser les techniques du vernis, de la patine et de la fausse craquelure. Il fallait remettre des tableaux à neuf, sans leur ôter rien de leur apparente ancienneté. C'est-à-dire qu'il fallait, souvent, faire réapparaître sur les tableaux restaurés l'impression précise du vieux.

C'était un travail beaucoup plus lent que le dessin, moins gratifiant aussi, mais un peu mieux payé. Je crois que le brocanteur en question roulait copieusement ses clients, ce qui lui permettait de ne pas me sous-payer. « Entre gens du métier… » était sa phrase favorite. Je ne croyais pourtant pas qu'un artiste et un marchand fassent le même métier, mais je le laissais dire. L'argent qu'il me faisait gagner me permettait non seulement de financer plus commodément les cours d'Isabelle, mais aussi de lui acheter plus souvent les disques qu'elle désirait. Et, depuis qu'Isabelle ne m'accompagnait plus au Vieux Marché, nos escapades du samedi après-midi à la « Boîte à musique », rue Ravenstein, faisaient mes nouvelles délices hebdomadaires.

J'avais même le bonheur, de temps à autre, d'emmener ma fille au concert. Elle m'expliquait tout, et je prenais un plaisir infini, plutôt qu'à écouter la musique, à observer ses réactions, ses attitudes, et je me souviens de l'impression ambiguë que me faisaient les moments où elle fermait les yeux : j'étais heureux de savoir qu'il se passait en elle, à cet instant, quelque chose de beau, et je sentais en même temps, avec douleur, que cette beauté, que ce monde où elle entrait en baissant les paupières, je n'y avais pas de part.

6

Un mardi, en revenant du cours, ma belle jeune fille me dit : « Papa, je ne peux plus jouer sur un chaudron. »

Le mot n'avait rien d'insultant. Moi-même, je l'utilisais souvent. Mais la nouvelle me prenait de court. Je n'y avais — croyez-moi ou non — jamais songé. Le prix d'un piano neuf de qualité, mon Dieu, je n'en avais même pas idée. Et mon estimation, que je pensais exagérée, était au-dessous de l'invraisemblable réalité.

Emprunter de l'argent, c'était inviter les banquiers à mettre le nez dans mes affaires. Simplement impensable. J'ai laissé les questions d'Isabelle sans réponse, je me suis contenté de rêver avec elle et nous avons passé une soirée superbe où je l'écoutais s'émerveiller à l'idée des plus magnifiques instruments dont Abraham Kahn avait pu lui parler. Elle dut passer la nuit la plus jolie de son existence. Moi, naturellement, je dormis mal, et je me réveillai tout aussi perplexe que je m'étais couché.

À peine Isabelle était-elle partie pour l'école, ce mercredi-là, qu'Émile, contre toute habitude, sonna chez moi. Je lui offris le café. Il y avait quelque chose de spécial. Je ne lui dis rien du piano, bien entendu. Max — c'était le nom du brocanteur en tableaux — m'invitait à manger, ce midi-là, avec Émile. C'était la première fois. Émile ne savait rien de ses intentions, mais il me dit subodorer quelque chose de singulier. Connaissant Max, précisa-t-il, ça devait être intéressant : ce n'était pas un manchot.

Émile resta chez moi jusqu'à l'heure de retrouver Max, non sans m'avoir poliment demandé s'il ne me dérangeait pas. À midi trente, nous étions devant « Chez Vincent ».

Je n'ai pas de penchant particulier pour la boisson — par exemple, je n'ai bu seul chez moi qu'une fois dans ma vie —, mais je ne refuse jamais ce qu'on m'offre. Max, lui, était un alcoolique notoire. On ne le voyait jamais plus d'un quart d'heure sans qu'un petit coup ait paru. Sur la table du restaurant où il nous attendait, la bouteille de vin blanc ressemblait déjà à une fin de repas et il dut en commander une autre pour que nous ayons tous trois de quoi tremper nos lèvres en apéritif. Max était à peu près la seule personne dont je pensais avoir percé à jour la psychologie, et je comprenais que l'unique manière qu'il avait de rendre son alcoolisme tolérable à ses propres yeux, c'était de l'associer toujours à une générosité symétrique, de sorte que je n'ai jamais vu Max boire sans me proposer de boire aussi. Quand il buvait au goulot, je trouvais cela répugnant d'y boire aussi. Mais là, au restaurant, dans des verres fins, c'était un plaisir de lui faire plaisir. Il dépensa une petite fortune en vins et digestifs. Il justifiait chaque verre qu'il se remplissait en remplissant ceux des autres et, à force d'être gentil, j'avais fini passablement ivre.

Max était un bavard et un bon vivant, à qui il ne manquait jamais une anecdote ou un rire gras.

Il aborda le sujet juste avant le dessert, quand on achevait les vins en attendant les digestifs. Il me demandait une chose anodine mais qui ne pouvait se comprendre bien qu'entre « gens du métier ».

Ça concernait un tableau qu'il avait pour l'instant et qu'il voulait me passer pour restauration. Un très beau tableau, et de grande valeur : un Rubens. Précisément, une sainte Véronique tenant dans ses mains les coins du linge blanc où s'est imprimée la Sainte Face du Christ. Il s'agissait de le nettoyer, de restaurer ses couleurs, de rénover son vernis, à l'ancienne, d'homogénéiser la patine et, en particulier — il prenait d'infinies précautions, il baissait la voix, il avançait la tête au-dessus de son assiette, le nez presque entre la rangée de verres — de repasser sur la signature, qui était un peu effacée.

À vrai dire, elle était presque illisible, ajouta-t-il, et quasiment invisible à cause du temps, des mauvaises conditions de conservation et, en bref, de tous les déboires d'une toile qui a passé des siècles dans des greniers.

J'écoutais son discours sans broncher. Il me demanda si je savais comment Peter Paul Rubens signait ses tableaux. Je lui dis que oui, que ça dépendait, qu'il aimait signer en italien Pier Paolo, et d'autres détails techniques et historiques. Il sourit et posa sa main brune sur la mienne.

Une signature, dit-il, ça fait partie d'un tableau comme le reste, n'est-ce pas ? Ce sont des traits et de la couleur. Ne faut-il pas restaurer ces choses-là aussi ? Évidemment. Mais le point était singulièrement important, ajoutait-il, pour cette raison que les gens, les acheteurs, ne connaissent rien à la peinture et qu'ils se fient plus que tout aux signatures. Un dessin d'enfant signé Rubens les émeut davantage qu'un vrai Rubens non signé. Tout dans ce tableau, dans cette sainte Véronique, indique qu'il s'agit de Rubens, et une étude stylistique le prouverait en moins de deux. « Les gens du métier », nous voyons ça tout de suite, n'est-ce pas ? Mais le chaland, le bourgeois, le riche avocat qui veut mettre une touche de prestige dans sa villa de Rhode-Saint-Genèse, il ne reconnaît pas la touche rubénienne, le rouge carmin tout à fait caractéristique, le contraste indubitable des figures et du fond, le développement fluide des tons et l'inimitable spéculation sur la nacre des chairs. Bref.

Et il termina en disant que, s'il m'avait invité dans ce bon restaurant, ce n'était pas tant que le travail était particulier, mais surtout que c'était la première fois qu'il vendrait un Rubens et que l'argent que ça allait nous rapporter à tous les deux justifiait qu'on change, ne fût-ce qu'une heure ou deux, de train de vie. Il voulait me faire profiter de sa chance. Le tarif qu'il me proposa m'inclina à vider discrètement mon verre de scotch : le nouveau piano d'Isabelle devenait soudain nettement moins inabordable.

7

Le lendemain, Max m'amena le tableau, soigneusement emballé. Je le découvris, je le posai sur les chevalets. C'était un tableau remarquable. J'eus beau chercher, il n'y avait aucune trace de signature.

Je ne suis pas un naïf et j'ai bien compris ce qu'il me restait à faire. Comme je travaillais sans contrat ni facture, je prenais très peu de risques.

Je me suis un peu entraîné, j'ai fait quelques recherches et j'ai contrefait une signature à mon avis tout à fait parfaite. J'étais très doué pour ces choses-là. Et je me rendais compte qu'avec ce petit geste habile et rapide j'avais fait quelque chose comme ajouter trois ou quatre zéros sur un chèque.

À cette époque, je travaillais encore dans la pièce arrière de la maison, comme j'ai dit, celle qui donne sur le jardin et où il y a le piano. Le rapprochement était vite fait : je regardais le tableau de Rubens, et je voyais déjà le nouvel instrument d'Isabelle.

Il fallut attendre plusieurs semaines avant d'être payé, Max ne pouvait le faire avant d'avoir lui-même touché l'argent. Mais Max m'a payé très exactement et ponctuellement. Nous étions en confiance. Je lui expliquai l'histoire du nouveau piano, il s'enthousiasmait, il voulait un jour entendre Isabelle jouer. Et il ajouta, princier, qu'il ne voulait l'entendre que sur un grand instrument.

Il m'offrit alors un autre travail du même genre. C'était la signature de David Teniers le Jeune, cette fois, qu'il fallait apposer. Et il me paya d'avance, de sorte que je pus annoncer à Isabelle, un jour qu'elle frappait du poing sur le clavier — c'était rare, et ça me faisait mal — qu'il fallait qu'elle me dise le piano qu'elle voulait, et que nous l'achèterions.

Ce fut un moment merveilleux. Non pas seulement parce qu'elle m'embrassa longuement et que nous passâmes une soirée magnifique où je l'écoutais me raconter les frasques échevelées de son génial professeur, mais surtout parce que je sentis qu'elle savait combien je l'aimais. Je vis, ce soir-là, qu'elle me trouvait bon père, un père formidable — et que j'avais tout sauf une fille ingrate.

Pour éviter les problèmes de factures, je cherchai le piano qu'elle m'avait indiqué — un Bösendorfer entier, la couleur ne lui importait pas, blanc ou noir — non pas dans un magasin de neuf mais, via Max et Émile, auprès des revendeurs et autres intermédiaires d'occasions. La solution qui se présenta finalement fut de racheter le piano d'Abraham Kahn, sur lequel Isabelle jouait au cours et dont il acceptait de se défaire pour en acheter un nouveau. Jeanne avait plaidé habilement notre cause auprès du professeur, et Isabelle était ravie d'un instrument qu'elle admirait beaucoup et qui présentait l'avantage — lui disait Kahn — d'être déjà éduqué, et pas par n'importe qui.

Nous n'avons pas déplacé l'ancien piano. La pièce était assez spacieuse pour placer le neuf à côté de l'ancien. En revanche, ce qui devenait encombrant, c'étaient mes chevalets, mes tableaux, mes pots de couleur — et le risque de tacher le Bösendorfer. Notre nouveau train de vie nous le permettant, j'aménageai le dernier étage de la maison en atelier de peinture. J'avais de plus en plus de restaurations, j'avais besoin de place, et je pus me permettre d'abandonner mes travaux d'illustrateur frivole.

Cette dernière décision, si elle allégeait mon quotidien, devait évidemment peiner un peu Jeanne, qui perdait la commission sur laquelle, au fil du temps, elle avait fini par compter comme sur un salaire définitif. Je la comprenais bien et, comme j'en avais maintenant les moyens — mes gains augmentaient, mais je persévérais dans mes habitudes modestes et frugales, selon mon caractère —, je lui fis la proposition de continuer à lui verser un fixe mensuel équivalent à la moyenne de ce qu'elle touchait grâce à moi. Elle était en dépression, à l'époque, et elle me remercia chaleureusement. Comme tous les gens déprimés, elle avait des réactions disproportionnées et un tant soit peu déséquilibrées, de sorte qu'elle mélangea la reconnaissance et l'affection, m'invitant à souper chez elle et se pendant à mon cou plus que de coutume. Mais je suis d'un naturel sobre et, exercé qui plus est par les combats intérieurs que je m'étais livrés pendant ces années à dessiner des couvertures immorales, je sus maintenir les choses à leur place, sans la vexer, et préserver notre aimable amitié.

Isabelle était bien, dans sa pièce à deux pianos. Je n'étais pas mal non plus, au début du moins, dans mon atelier, sous la lumière blanche des nuages bruxellois. Par beau temps, j'ouvrais les lucarnes, et des moineaux égarés, parfois, venaient voleter sous le toit.

Depuis que je connaissais Max, qui était jovial, ma vie gagnait en variété. Je lisais beaucoup moins, je sortais davantage, j'allais au cinéma avec lui, on emmenait Isabelle, on dînait au restaurant, parfois, à cinq, avec Émile et Jeanne. Je pris même un appartement pour une semaine à Ostende, avec Isabelle, et ce furent des vacances formidables, du dimanche des Rameaux jusqu'à Pâques.

8

À la longue, j'étais plus seul, malgré tout, dans mon atelier, sous le toit. Je n'entendais plus Isabelle jouer, et je vivais dans un long silence, comme si elle n'était plus là. Je retrouvais, au fil des journées solitaires, l'ennui, la mélancolie, et, autant le temps présent paraissait interminable, autant le passé, même le plus immédiat, paraissait avoir filé trop vite. Je n'avais pas quarante ans, mais je me sentais vieillir.

Un jour, je dus restaurer le tableau très quelconque d'un anonyme suiveur de Rik Wouters. Ça n'avait rien du génie de Wouters, hormis l'apparence, mais il représentait une femme, jeune, enceinte, repassant du linge dans un intérieur modeste et coloré, et qui me troublait d'une manière indéfinissable. Il y avait quelque chose, que je n'identifiai pas tout de suite, et ce fut au moment d'achever le travail que l'évidence me sauta aux yeux : cette jeune femme enceinte repassant le linge coloré, c'était Nicole,

Nicole mon épouse. Elle ne lui ressemblait pas, trait pour trait, mais c'était elle, il y avait quelque chose d'irréductiblement elle. J'étais fasciné. Tout un passé me submergea et je restai prostré devant ce tableau, devant cette femme, devant Nicole.

Je ne sais combien de temps passa avant que je revienne à moi, mais je descendis alors quatre à quatre les escaliers, j'entrai comme un ouragan dans la pièce où Isabelle jouait. Sans rien dire, je m'emparai de la photographie de Nicole qui trônait sur l'ancien piano, parmi les partitions, et je remontai aussi vite dans l'atelier, dont je fermai — pour la première fois de ma vie — la porte à clé.

Il n'y avait pas de rapport direct entre la photo et le tableau, c'est vrai. Mais je m'aperçus que la photo, soudain, me parlait moins que ce mauvais tableau, et que Nicole, le souvenir palpitant de Nicole, était dans cette femme enceinte qui repassait. Je déposai la photo par terre, je m'assis sur mon tabouret rond couvert de taches de peinture, le manche d'un pinceau appuyé contre la joue — je me souviens de cette sensation —, je contemplai longtemps Nicole enceinte repassant, et je songeai pour la première fois que tous les hasards de ma vie avaient été nécessaires pour me conduire à ce moment invraisemblable où je retrouvais le sentiment vivant et bouleversant de mon épouse tant adorée.

Quand le soir fut tombé sur les lucarnes, quand l'obscurité eut envahi l'atelier, je m'apprêtai à descendre. Je ramassai la photo de Nicole, je m'étonnai de ce que la porte était fermée à clé, je l'ouvris et, lentement, dans les escaliers, je réfléchis à ce qui m'était arrivé. J'ai évidemment songé à *Bruges-la-Morte*, que j'avais dû lire trop de fois. Je m'inquiétais de savoir si je subissais la même hallucination que ce pauvre Hugues Viane, ce monstrueux Hugues Viane quand il marchait le long des canaux.

En entrant dans la pièce où Isabelle jouait encore, je l'observai attentivement. Allais-je me mettre à trouver la ressemblance de Nicole partout ? Isabelle lui ressemblait comme toute fille à sa mère, mais j'avais toujours considéré qu'elle tenait davantage de moi. Et je fus rassuré de constater que, ce soir-là, je ne changeai pas d'avis. J'avais déjà prévu l'éventualité d'une obnubilation pathologique, et je m'étais promis d'aller voir un psychiatre si je trouvais soudain le visage de Nicole dans celui d'Isabelle. Heureusement, je n'étais pas devenu fou, et Isabelle me parut la plus normale du monde, égale à elle-même, et seulement à elle-même.

Il y avait sans doute quelque chose d'objectivement semblable dans le tableau, et qui aurait évoqué le même souvenir à quiconque aurait connu Nicole comme je l'avais connue. J'étais rassuré, donc. Mais le choc avait été puissant. Je dis à

Isabelle que j'avais mal au crâne et que je me coucherais sans manger. Elle alla me chercher deux aspirines, que j'avalai, et qui me firent du bien. Dans mon lit, j'avais la tête déjà plus froide. Je réfléchis. Je sentais qu'une intuition poussait en moi, mais je ne parvins pas à la formuler et je m'endormis.

9

Le lendemain, Max devait venir prendre livraison du tableau restauré. Son client venait le chercher le soir même. Je ne pouvais me résoudre à perdre ce tableau, qui était devenu une part de moi-même. Je restai donc à ne rien faire. La restauration était achevée. Je sortis me promener en ville, toute la journée, et quand je revins, il y avait un mot de Max sous la porte, demandant la raison de mon absence, du retard, et m'enjoignant de me dépêcher.

Cette intuition qui me pressait depuis la veille au soir n'arrivait pas à s'accoucher. Je ne pouvais rien faire, et la lente et inconsciente maturation de l'idée me laissait inactif, distrait, insouciant même. Je décrochais de la réalité.

Je mangeai avec Isabelle, je parlai de tout et de rien, on blagua, on rit des pâtes que j'avais trop peu cuites. Rien ne transparaissait.

C'est en me couchant, très fatigué, que l'idée apparut enfin, nette, évidente, simple, si simple, à se demander comment il avait fallu tant d'heures pour se la présenter à l'esprit. Je me relevai d'un bond, je me rhabillai, je n'étais plus fatigué mais, par précaution, je descendis préparer une grande bouteille thermos de café fort et je remontai dans l'atelier.

J'hésitais à refermer la porte à clé, ce que je trouvais inutile, un peu stupide, et peut-être pathologique. Je me servis une tasse de café et je me plantai devant le tableau de Nicole enceinte.

Cette question de la porte ouverte ou fermée, en arrière-plan de ma pensée, m'empêchait de trouver la concentration, et je fermai à clé. Je pris une toile vierge d'un format non pas identique — je n'en avais pas sous la main — mais semblable à celui du demi Rik Wouters. Et je me mis, éclairé à la lampe, à copier le tableau le plus exactement possible. L'incroyable amour que m'inspirait cette figure de femme enceinte repassant le linge coloré faisait que je ne tolérais pas la moindre différence entre les deux images, la moindre modification, la moindre altération du modèle.

À l'aube, le travail était déjà bien avancé. J'entendis Isabelle qui descendait au petit déjeuner. Je sortis de l'atelier, refermai la porte à double tour, j'empochai la clé et je rejoignis Isabelle. Me trouvant en habits de travail, elle s'étonna et je lui dis — en fait, je préparais le mensonge que j'allais faire à Max — que j'avais pris du retard dans la restauration d'un tableau que Max attendait déjà hier, et que je devais travailler double pour l'achever au plus tôt. Isabelle se mit au travail — elle jouait chaque jour une heure et demie avant d'aller à l'école — et je montai me reposer deux heures.

J'appelai Max par téléphone, qui, comme c'était la première fois que je n'étais pas dans les temps, me fit confiance et crut à mon mensonge. Il allait prévenir le client, et j'avais jusqu'à demain après-midi.

L'exaltation d'un travail aussi intensif et aussi émouvant me tournait un peu la tête. J'étais toujours suspicieux de quelque risque de folie momentanée, et l'idée de Hugues Viane m'inquiétait. Je sentais dans ma poche l'inflexible consistance de la vieille clé, et je pensais que cette clé représentait le risque que je courais. M'enfermer, me cacher, le secret, le mensonge, tout le danger était là. Mes yeux se portaient naturellement sur les exemplaires de *Bruges-la-Morte*, sur les étagères. J'eus l'idée de les prendre tous et de les brûler. Mais c'était tout autant un acte de folie. Je voulais rester serein et franc. Je pris donc la décision plus simple de me débarrasser de la clé et, après avoir rouvert la porte de l'atelier, je fus dans la rue la jeter dans l'égout, au travers de la grille.

Max me laissait, finalement, peu de temps pour tant de travail, et je m'y remis avec acharnement, jusqu'au lendemain. Les quelques rares moments de repos que je m'accordais, j'abandonnais l'atelier, je descendais, en ayant recouvert ma copie d'un drap qui la cachait jusqu'aux pieds du chevalet. Je ne pouvais plus fermer la porte à clé, parce que c'était de la paranoïa ; mais je me permettais de cacher la copie, parce que c'était de la pudeur.

J'achevai le travail vers midi. Max s'était annoncé pour 14 heures. La copie était parfaite, j'étais satisfait. La seule différence qui existait encore par rapport au modèle était dans la lumière générale du tableau et disparaîtrait en quelques jours avec le séchage du vernis. Je me couchai, et je dormis profondément.

Ce fut Max qui m'éveilla en sonnant à la porte. Je lui ouvris, la peur au ventre. J'étais persuadé qu'il se doutait de quelque chose et je guettais dans son attitude tout ce qui pouvait s'interpréter comme une trace de soupçon. Comme il arrive souvent quand on a mauvaise conscience, j'imaginais qu'il m'inspectait, qu'il devinait. Et pourtant Max n'inspectait rien du tout, il était pris, comme moi, par ses propres préoccupations et, dans l'atelier, tandis que je rougissais, il ne s'intéressa pas le moins du monde à ce chevalet recouvert d'un grand drap mystérieux. Il me félicita pour l'excellence de la restauration, on empaqueta la toile et il s'en alla.

10

À partir de cet événement-là, les choses s'accélérèrent, et tout avança avec la facilité d'un engrenage.

Je connus d'abord ce qu'Émile appela par la suite une crise mystique. Je vivais en décalage. Le regard des gens, et même des inconnus sur le trottoir, m'intimidait. Je ne pouvais plus passer devant les portes d'une église sans éprouver un remords tenaillant et une indescriptible obligation d'y entrer. Je n'avais pourtant pas été élevé chrétiennement et on ne m'avait baptisé que par habitude et par décence. Mais une aimantation invincible agissait sur tout mon être et commandait mes jambes et mes bras dès que l'aiguille d'un clocher, dès qu'une façade pieusement sculptée d'apôtres et de saints entrait dans mon champ de vision. Je me refusais pourtant à céder. J'interprétais cette nouvelle anomalie comme un signe de folie et je voulais m'en prémunir, comme je m'étais prémuni de la tentation de la clé ou de celle de brûler mes *Bruges-la-Morte.*

La chose allait loin, puisqu'un jour que je restaurais un paysage hollandais du XIXe, anonyme d'ailleurs, le petit clocher surmonté d'une croix autour duquel le peintre oublié avait dessiné le vol concentrique de trois oiseaux bruns me fit le même effet que les clochers réels, et je me sentis attiré irrésistiblement, invité à entrer dans le monde du tableau, à parcourir ses ruelles jusqu'à cette église en arrière-plan et à y entrer. Je retrouvais ce sentiment que j'avais eu avec ma fille quand, jadis, nous animions le tableau de Bruegel. J'entrai dans l'église, en imagination, et parmi les bancs de bois noir, les confessionnaux agglutinés comme d'énormes champignons autour des forts piliers, dans la lumière blanche qui filtrait des baies croisillonnées et créait des reflets aveuglants sur la patine sombre des grands tableaux d'autel, dans le silence des voûtes, j'avançais lentement, les mains glacées comme plongées en permanence dans l'eau froide des bénitiers, j'avançais vers le chœur et, de derrière un harmonium, une vieille femme tout en noir et voilée surgissait soudain, un cierge à la main, et m'adressait un énorme sourire cadavérique.

Ce fut un cauchemar éveillé, le premier de ma vie, et, bien que je voulusse n'y prêter aucune attention, aucune importance, je tremblai quand même en repassant au fin pinceau la petite croix gracile au sommet du clocher.

C'est le genre d'événements qui redoublait mon étrangeté, et je m'isolais.

Je dis à Isabelle que je partais une semaine en voyage, sous le prétexte quelconque de visiter les musées d'Amsterdam. Mais je pris une chambre dans un hôtel, de l'autre côté de Bruxelles, pour passer sept jours en solitude.

Pour exorciser ce stupide cauchemar, je voulais entrer dans une église. Et après quatre jours d'hésitation, le vendredi, j'entrai. L'église était vide. Elle ne ressemblait guère à celle de mon imagination et, au milieu de ma déception, je fus enfin soulagé. Je sentis le sol renaître sous mes pieds et les distances de mon regard reprendre une dimension normale, concrète, pratique. Il n'y avait plus cet infini entre moi et les choses et je recommençais enfin à ne pas croire en Dieu.

Je ne voulais pas sortir du temple sans m'assurer de cet acquis, sans boire le calice jusqu'à la lie, l'épreuve étrange où j'avais tourbillonné, et je voulais parler, parler à voix haute avec des phrases bien faites, bien correctes, pour refermer ce long silence de mon vertige. Parler à voix haute, dans l'église déserte, cela me paraissait trop bizarre, et l'idée que quelqu'un pouvait entrer ou être caché quelque part derrière un pilier, ou derrière l'harmonium, me déconcentrait. C'est pourquoi je m'agenouillai dans un confessionnal, tout à fait vide, et, entre le vieux rideau qui me tombait sur les mollets et la planche de bois percée de petits trous devant mon visage et où j'appuyais le front jusqu'à me faire mal, je parlai, distinctement, et je fis le récit clair et honnête que j'ai, jusqu'ici, tâché de reproduire avec fidélité.

SECONDE PARTIE

1

Quand je sortis de l'église, j'eus l'impression de revenir dans le monde et, en me passant la main sur le front, je sentis, imprimés dans la peau, tous les petits zéros de la grille du confessionnal.

Le soir même de ce vendredi, je revins à la maison. Avec deux jours d'avance, donc. Isabelle n'était pas là. Je n'avais plus envie d'être seul et j'appelai Max, qui n'était pas chez lui. J'appelai alors Émile, qui ne faisait rien, et je l'invitai. Nous passâmes, en haut, dans l'atelier, une belle soirée. Émile était de très bonne composition, ce soir-là. Il était aussi doux et aimable qu'à l'époque des samedis matin au Vieux Marché, quand on prenait un verre et que je m'émerveillais de ce que quelqu'un s'intéresse à moi et m'écoute avec tant de gentillesse.

Je lui racontai tout, le tableau, Nicole, le cauchemar, la semaine d'isolement. Comme après le scandale que j'avais fait à l'école, en démissionnant, Émile rit à gorge déployée. Il riait et il m'affirmait qu'aucun artiste n'arrivait à maturité sans passer par une crise mystique. Je lui parlai de Nicole, des souvenirs merveilleux qu'elle m'avait laissés, et il m'écoutait.

J'ôtai, un peu cérémonieusement, le drap blanc et dévoilai ma toile. Il avait vu le tableau original chez Max et il s'enthousiasma puissamment. C'était la première fois que quelqu'un me disait — et il le dit d'une manière absolument convaincante — que j'avais du génie. Du génie : le mot dont tout artiste attend qu'il émerge tout spontanément, un jour, du cœur de quelqu'un, devant son œuvre, qui ne sache exprimer son impression autrement que par ce divin terme.

Émile me quitta vers minuit et je restai quelque temps encore en contemplation devant mon œuvre, où j'avais trouvé Nicole, et où, maintenant, grâce à Nicole, je m'étais trouvé moi-même. Enfin, après tant d'inconnaissable maturation, mon génie s'était exprimé, et je le voyais là, tout pur. Nicole enceinte dans le tableau, Nicole, qui avait donné naissance à Isabelle, me faisait naître à mon tour. L'enchantement malsain s'était dissipé, tout s'était accompli. Mon destin avait pris forme.

Je me mis au lit avec cette spacieuse impression dans la poitrine et je ne dormais pas encore quand j'entendis la porte de rue s'ouvrir. Isabelle, sans doute, rentrait. Je me relevai, pour aller l'embrasser, mais je mettais à peine le pied sur le palier que je m'arrêtai net : j'entendais une voix d'homme. Je pensai à un intrus, à un cambrioleur, mais avant que j'aie le temps de réagir, j'entendis la voix d'Isabelle, qui lui répondait.

C'était tout vu. J'écoutai, discrètement. Il y avait des silences, puis de la conversation, puis des silences. Ils avaient l'air bien calmes. Je me recouchai sans bruit, et sans savoir si je voulais les laisser libres ou si je voulais qu'ils fassent comme si je n'étais pas là, pour voir.

Ce grand sentiment de m'être trouvé moi-même, d'avoir franchi un cap, se doublait soudain d'un sentiment non moins grand que mon Isabelle, elle aussi, passait un cap, dans une autre direction, dans sa direction. Nos trajectoires se séparaient, comme quand deux navires sur le même océan divergent et s'éloignent jusqu'à ce que soudain, sans autre obstacle que la fatale rotondité du globe terrestre, un horizon les sépare et qu'ils se perdent de vue. Et dans les eaux de cet océan, je m'endormis.

Le lendemain matin, samedi, je m'éveillai avec le jour. Je songeai qu'il valait mieux que je descende discrètement, que j'ouvre la porte de rue et que je fasse comme si je rentrais seulement. Le plan me paraissait bancal — comment justifier en effet que je rentre d'Amsterdam à l'aube ? —, mais je n'avais guère envie de rester dans ma chambre, caché, jusqu'au dimanche soir. Je descendis donc, discrètement, et je fis battre la porte. Mon bruit n'avait éveillé personne, et ma surprise ne fut pas peu grande de trouver dans le salon, endormi sur un divan, un jeune homme, dont je présumai évidemment qu'il était celui de la veille.

Je pris le temps de l'observer, dormant. Il était très grand, très mince, il avait de longs cheveux bruns bouclés — des cheveux d'homme, trop épais pour rester beaux dans la longueur. Il portait un jeans, une chemise du même tissu. La chaussette de son pied gauche était trouée et laissait apparaître un orteil curieusement large. Ses chaussures étaient jointes près du canapé et un paquet de cigarettes traînait à côté d'un cendrier bien rempli. Je regardai son visage, son nez un peu gros et sa bouche entrouverte dans le sommeil. Il y avait encore des boutons sur ce visage et je l'estimai d'un âge semblable à celui de mon Isabelle : dix-sept ans.

J'avais autant envie de l'embrasser, de lui dire : bienvenue, fils, que de le prendre par la chemise et de le balancer dans la rue en lui jetant, comme seconde salve, sa paire de chaussures à la figure. Je ne fis rien de tout cela, ça va de soi, et je sortis du salon sur la pointe des pieds.

Dans la pièce du fond, sur l'aile du grand Bösendorfer, mon œil scrutateur de tout indice aperçut une valisette noire à bandoulière, dont je fis glisser la fermeture éclair. C'était un étui à violon. Une étiquette rectangulaire cousue sur une des poches m'apprit les coordonnées civiles du nouveau venu. Mon Isabelle s'était donc amourachée — je n'imaginais évidemment pas autre chose — d'un jeune violoniste dénommé Jean-Marc Baty et habitant au 18, rue de Flandre, Bruxelles-ville.

Je me réjouissais, finalement, de tout cela, et je songeais que, si Isabelle ramenait un violoniste à la maison, c'était qu'elle avait su conjoindre ses goûts profonds et les instincts de son cœur.

Dans la maison endormie, je buvais du café fumant en regardant par la fenêtre dans la broussaille du jardin. Le ballon d'un voisin demeurait nostalgiquement immobile, depuis si longtemps, recouvert déjà par des herbes hautes et luisantes dans le soleil mouillé du matin. Des oiseaux passaient d'arbre en arbre et de jardins en jardins.

Je concevais déjà mon Isabelle et ce Jean-Marc définitivement conjoints, indépendants, partis, et je pensai qu'il me fallait, ce matin-là, envisager un nouveau départ, et préparer ma nouvelle vie, seule, indépendante, comme un second âge adulte. Isabelle ne me retenait plus ; j'avais trouvé une nouvelle voie ; il fallait aller de l'avant.

2

Comme chaque fois, mes amis m'ont grandement aidé. Émile, brûlé d'enthousiasme, avait enfreint son habituelle discrétion et avait parlé de ma copie parfaite à Max et à Jeanne. Jeanne, qui avait le sens des affaires, avait trouvé très vite une manière d'exercer profitablement ce qu'elle appelait, elle aussi, mon génie. Il s'agissait de réaliser des copies légales — je veux dire par là : des reproductions peintes de tableaux connus dans un format différent et assumant officiellement leur caractère de copie — que son père, que l'affaire tentait, se chargerait de commercialiser. Le vieux s'était retiré de l'édition et cherchait à s'occuper.

Pour le coup, c'était intéressant : je pouvais déclarer ce boulot et sortir de la douce fraude où je traînais depuis toujours. J'avais des contrats, je les signais, le père de Jeanne payait officiellement mes livraisons et je vivais au grand jour.

Émile et Max trouvaient l'idée excellente et ne voyaient presque rien à redire à mes tableaux. Parfois, Max mettait le doigt sur une imprécision, une distorsion, une divergence dans le mouvement et l'apparence de la touche. Et je fus heureux de constater que, tout marchand qu'il était, il avait l'œil très fin, très connaisseur, et qu'il était, finalement, autant qu'un autre, « du métier ». Il suivait mes travaux de très près, il allait étudier pour mettre au jour telle technique d'époque, tel détail imperceptible dans la composition des couleurs anciennes, et m'en informer pour plus de finesse dans le résultat. Quoique je me sentisse déjà au sommet de mon art, il me disait parfois, méditatif : « Nous ferons de grandes choses, avec ça. »

Je me sentais au sommet, c'est vrai, parce que je n'avais jamais obtenu tant de reconnaissance. J'étais bien payé, d'abord, et le père de Jeanne affirmait qu'il vendait mes tableaux à un public de plus en plus exigeant et prestigieux : grands restaurants, hôtels de luxe, grandes marques de décoration. J'avais la cote.

En plus, je voyageais. Dans un premier temps, j'installai mon chevalet dans les salles des musées bruxellois. Mais au bout d'un an à peine, les bénéfices étaient suffisants pour que le père de Jeanne m'envoie dans les grands musées du monde pour y chercher les modèles demandés par les clients. C'est ainsi que je fus à Madrid, à Tolède, à Vienne, à Florence et même à New York, pour refaire un Greco. Les conservateurs finissaient par me connaître, ils m'accueillaient comme un homme important, ils me donnaient accès aux salles les jours de fermeture, pour que je sois plus au calme. Des étudiants en art admiraient la qualité, l'aisance et le naturel de ma technique, et j'eus ainsi des élèves, presque un petit cénacle, et souvent un cercle silencieux autour de moi quand je copiais à Bruxelles.

Mon grand atout était ma vélocité. En moyenne, il me fallait une semaine seulement pour achever et parachever une copie. Une semaine intense, évidemment, à laquelle devait succéder une semaine de congé où j'éliminais, en ne faisant rien, tout ce tableau qui m'avait occupé complètement l'esprit. J'étais alors prêt pour recommencer.

Je copiais tout. Toutes les époques renaissaient sous mon pinceau. Émile et Max faisaient d'inépuisables efforts de recherche pour dénicher et élucider tous les éléments imperceptibles qui font la vérité d'époque. Ma préférence personnelle cependant, au fur et à mesure, prenait forme et, conséquence sans doute de mes lectures d'antan et du demi Rik Wouters qui m'avait lancé dans la copie, je n'aimais rien tant que refaire les œuvres qui tournaient entre 1870 et 1920. Max, Jeanne et Émile étaient d'accord sur ce point : c'est là que, disaient-ils, je me surpassais. Khnopff, Van Rysselberghe, Ensor, Stevens, Degouve de Nuncques, Whistler, chacun selon son style propre, n'avaient aucun secret pour moi. J'eus même l'énorme satisfaction d'être invité à prononcer une conférence dans cette école d'art dont j'étais sorti, vingt ans plus tôt, à moitié méprisé.

Isabelle avait intégré le Conservatoire. Son histoire avec Jean-Marc n'avait duré que quelques mois, jusqu'au soir où ils donnèrent dans la maison d'Abraham Kahn un concert privé. J'avais pourtant trouvé qu'ils jouaient parfaitement bien, mais Jean-Marc avait lâchement accusé le jeu d'Isabelle pour se mettre en valeur auprès d'un soliste influent qui lui faisait des critiques. Elle avait beaucoup pleuré ce soir-là et, quoique sans larmes apparentes, moi aussi, parce que je voyais que, dans son profond chagrin, dans sa troublante détresse, elle avait cherché le réconfort sur l'épaule d'Abraham Kahn, qui la consolait comme j'aurais voulu le faire. Elle volait de ses propres ailes, désormais, et se posait où elle voulait.

Nous vivions encore sous le même toit, mais j'étais beaucoup en voyage et, quand je revenais, je sentais que cette maison, qui venait de Nicole, devenait celle d'Isabelle, et que je n'y étais plus qu'un hôte. Perpétuellement bienvenu, certes, mais un hôte.

3

Puis, le père de Jeanne mourut. Subitement, d'une crise cardiaque, dans un avion.

Nous essayâmes de reprendre la direction du commerce, mais Jeanne n'était pas à la hauteur. Certaines firmes de décoration me firent des contrats ponctuels et directs, mais le rythme des commandes n'était plus soutenu et Max n'avait pas le temps, en plus de son magasin à lui, d'administrer tout ça. Ça demandait un temps plein. Il avait raison. Je cherchais à droite, à gauche, mais la mécanique s'était enrayée, nous n'avions plus la même visibilité sur le marché et le marché nous oublia, comme un trou dans l'eau se referme. Je pensais qu'il faudrait me remettre à restaurer des tableaux, en attendant mieux.

Mais, au fond, en attendant quoi ? Mon heure de gloire avait passé. J'en avais bien profité, j'avais joui de bien des plaisirs et de bien des honneurs, inespérés, tout en restant moi-même. Je voulais m'estimer content, je ne voulais pas être ingrat. Mais certaines dépressions sont plus fortes que toutes les bonnes intentions et une tristesse irrépressible s'emparait de moi. Je passais de longues journées solitaires, et je ne pouvais plus m'asseoir devant le tableau de ma belle Nicole enceinte sans éprouver un mélange insupportable d'amour, de nostalgie et de désespoir. Je pleurais beaucoup. Je devenais excessivement sensible. Isabelle jouait-elle le moindre morceau, j'allais dans la cuisine et je pleurais en regardant le jardin.

Un vendredi soir où je mangeais chez Jeanne et où je ne pus retenir de lamentables sanglots, elle me dit une bonne chose : au moment de sa dépression à elle, un ami psychologue lui avait recommandé de faire du jardinage. Elle n'avait pas de jardin mais elle avait cultivé des fleurs en pot jusqu'à constituer un magnifique jardin d'hiver dans une pièce ensoleillée de son appartement. C'est là, justement, que nous nous trouvions, et la pure beauté naturelle de ces rosiers d'appartement, de ces daturas aux trompes angéliques, de ces grimpements de lierre et de verdure me décida. Le lendemain, je me levai tôt, je pris tous les outils rouillés qui traînaient dans la cave depuis le temps des parents de Nicole, et je commençai de faucher le jardin.

Comme la tâche me paraissait interminable et parce que je me sentais grotesque et inutile, je dus me mettre à chanter pour distraire les sanglots qui menaçaient déjà. Et c'est ce chant qui éveilla Isabelle. Elle ouvrit la fenêtre, se pencha et m'appela joyeusement. Elle apparut quelques minutes plus tard au jardin, dans un vieux pantalon, une vieille chemise blanche à moi, couverte de taches de peinture multicolores, dans des bottes de caoutchouc et les cheveux dénoués. Elle enfila des gants de travail — ils étaient vieux et dépareillés, je m'en souviens bien, et elle dut mettre deux gants droits : l'un à l'endroit, l'autre à l'envers —, elle empoigna la fourche et se mit à m'aider.

Nous chantions ensemble, par moments, des airs d'opéra italien, et la voisine, Mme Cagnasse, montée sur je ne sais quel escabeau, passa la tête par-dessus le mur de l'enclos et nous causa gaiement. Elle nous disait, avec l'air bête que je lui ai toujours trouvé, mais très gentiment, qu'elle raffolait tant de la musique et qu'elle prenait un grand plaisir, quand il faisait beau et qu'Isabelle jouait la fenêtre ouverte, à se mettre dans son jardin, sur une chaise, et à l'écouter.

Ce fut un samedi magnifique. Nous cessâmes de jardiner à la nuit tombante, nous sortîmes manger une pizza au restaurant italien du coin, et je m'endormis dans la seconde où je me couchai.

J'ai aussitôt arrêté le jardinage, mais je me sentais un peu mieux. Ça m'avait nettoyé. Je me maintenais. Je m'étais remis à lire et, comme j'avais toujours rangé les livres un à un sur les étagères, à mesure que je les lisais à l'époque, je pouvais aisément reconstituer l'ordre chronologique de mes lectures, et je relus, en effet, à partir du premier livre et dans l'ordre. Je reproduisais la séquence même de ce qui m'était passé sous les yeux dix à vingt ans plus tôt.

Un jour, je m'en souviens avec exactitude, j'étais nostalgiquement plongé dans les *Impressions* de Verhaeren, et mes trois vieux amis, Émile, Jeanne et Max, sonnèrent sans prévenir à la porte de la maison. Ils étaient sûrs de me trouver chez moi, puisque je n'en bougeais quasiment plus. Ils m'ordonnèrent de me changer et de les suivre.

Dans la voiture de Jeanne, tous les quatre, nous allâmes à la mer. J'étais un peu surpris, mais je devais me laisser faire. Max buvait pas mal, même dans la voiture, et au goulot. J'acceptai de boire à sa bouteille. L'atmosphère avait quelque chose d'effervescent.

4

Sur la plage, au milieu des dunes et protégés par les rideaux d'oyats, nous avions l'air d'une bande d'adolescents attardés ou d'un noyau de conspirateurs.

Assis dans le sable, nous ne voyions pas la mer, mais sa rumeur mettait un fond à notre conversation. C'est Max qui commença à parler. Les deux autres étaient déjà au courant.

Je ne comprendrai jamais pourquoi il fallait aller à la mer pour parler de ça. Max m'expliqua qu'il était entré en contact avec le rabatteur d'un important collectionneur, dont il ignorait l'identité mais dont il subodorait qu'il devait s'agir d'Ernst Jacher. Il me demanda si je connaissais Jacher. Évidemment que je le connaissais. J'avais été à Vienne dans ses collections pour reproduire un Vélasquez. Mais l'identité du collectionneur importait finalement assez peu, il s'agissait simplement de traiter avec le rabatteur. Celui-ci, en fréquentant le magasin de Max, avait fini par lui faire comprendre qu'il cherchait un bon copiste. Enfin, au fur et à mesure que la confiance s'installait, il lui avait laissé entendre que, plutôt qu'un copiste, c'était d'un faussaire de première qualité dont il avait besoin. Max n'avait pas encore parlé de moi, mais il lui avait signifié qu'il connaissait quelqu'un.

Le mot faussaire m'avait choqué et Max s'en était aperçu. Il ne l'employa plus et le remplaça par copiste. De toute façon, dans mon état neutre et maussade, les chocs m'atteignaient comme dans un ventre mou, qui reprend aussitôt sa forme indifférente et flasque. Puisque je continuais sans broncher à faire des monticules de sable avec mes doigts, Max poursuivit.

Le type recherchait essentiellement un peintre infaillible qui soit capable de produire l'un ou l'autre tableau qu'on pourrait attribuer sans difficultés à quelque artiste mineur dont le catalogue raisonné et la biographie critique n'auraient pas été dressés et dont on pourrait croire que des œuvres inconnues circulent encore. Il ne s'agissait donc pas de copie, mais de création complète « dans le style exact de ». Émile, en bon lettré, voulait qu'on appelle ça des « forgeries ».

L'idée, pour le rabatteur, était de mettre ces nouveaux tableaux en vente et de créer ainsi de l'argent, à partir de rien, qui servirait ensuite à l'achat de tableaux plus importants et authentiques. Le plan était habile, commercialement

— et vieux comme le monde, d'après Max —, mais la difficulté technique était considérable. Il ne fallait évidemment pas produire un nouveau Monet, un nouveau Rembrandt ou un nouveau Léonard, qui attireraient à coup sûr l'attention des spécialistes internationaux. Non. Des artistes de cote moyenne.

En somme, leur dis-je alors, on me demande de créer des tableaux médiocres.

Et Jeanne avait répondu à cela d'une manière qui, après coup, me parut parfaitement intelligente et qui fut sans doute, tandis que j'hésitais, l'élément décisif : « Oui, c'est là qu'est le problème. »

Évidemment non. Évidemment que le problème n'était pas là, ni d'abord ni surtout, mais je l'ai cru un peu, ou j'ai cru du moins qu'ils le croyaient et qu'ils craignaient donc que leur proposition ne heurte d'abord et surtout ma qualité de génie et mon orgueil d'artiste. La question morale n'a même pas été abordée. Ni même la question légale. Aussi invraisemblable que cela puisse paraître. Chacun considérait sans doute qu'il n'y avait pas là matière à discussion collective et que chacun était libre de mesurer pour lui-même ce que cela impliquait. Toujours est-il qu'on parla d'abord du problème que représentait la relative humiliation pour moi, qui étais maître dans la copie des maîtres, de consacrer du temps à la basse besogne de produire quelque chose de moins digne, esthétiquement, que ce que j'avais fait jusqu'à présent.

L'autre sujet qu'on aborda fut celui des difficultés techniques, sur quoi je les rassurai — je me sentais tout à fait à la hauteur —, et Max m'offrit, de même qu'Émile et Jeanne, de faire toutes les recherches documentaires nécessaires et de me rendre tous les services utiles.

Puisqu'on était à la mer, nous mangeâmes des moules avant de rentrer à Bruxelles, et Émile nous fit rire en trouvant que les quatre Broodthaers qu'on nous servait étaient déjà le début de notre fortune.

Le trajet de retour fut assez silencieux, moitié à cause de la digestion, moitié à cause de la tension de ce nouveau projet qui nous réunissait et qui nous inquiétait tous.

D'abord, on déposa Max chez lui. Puis, Émile et Jeanne me raccompagnèrent. Je leur offris de boire une tisane, qu'ils acceptèrent volontiers. Émile fuma un cigare presque aussi long que ses — déjà blanches — moustaches, et Jeanne mit les mains sur le piano. Je me souviens de m'être dit à ce moment-là qu'Isabelle jouait déjà infiniment mieux que son premier professeur. Et je revoyais ce lointain temps passé, les premiers cours d'Isabelle, les petites mains qui se battaient et finissaient par dompter les grandes touches et faire chanter juste et bien cette énorme baleine de piano qui aurait pu l'avaler quatre fois. Émile ne cessait d'admirer le tableau de Nicole enceinte, que j'avais maintenant accroché dans la pièce des pianos. Il me félicitait, il ne cessait de trouver mon pinceau prodigieux.

Quand ils prirent congé, Émile alla chercher la voiture et Jeanne, en l'attendant avec moi sur le seuil de la porte, me fit un baiser de femme. Émile arriva, elle s'en alla en courant et en me jetant un regard, je dirais, coulissant, et ils disparurent dans le bruit de la voiture. Le baiser de Jeanne ne m'avait rien fait.

5

La première affaire nous prit six mois. Parmi les propositions qu'Émile et Max me firent, je choisis de peindre un Émile Claus. Ou plutôt deux. Deux paysages anversois : le premier, des vaches traversant la rivière en direction frontale du spectateur, avec des bouviers au fond, et le second représentant les bouviers, de dos, et le troupeau dans le fond, avançant dans la profondeur du tableau.

Émile était ravi. C'est lui qui avait proposé la composition. Émile avait manifestement une prédilection narcissique pour les grands hommes ayant répondu au même prénom que lui : il portait les moustaches d'Émile Verhaeren, et son peintre fétiche était Émile Claus. Il le connaissait à fond, il avait lu, depuis son jeune temps, tout ce qu'on pouvait lire sur lui : catalogues d'expositions, études, articles dans la presse d'époque, correspondance, tout.

Le but de cette double livraison était de vendre

le premier tableau, d'abord, et de réserver le second pour plus tard, quelque temps plus tard, quand il apparaîtrait comme le pendant retrouvé de l'autre. C'était une manière de lever les doutes sur le second, pour autant que le premier fût accepté, et de lui donner une plus-value certaine.

La préparation documentaire et l'entraînement stylistique furent l'affaire de deux mois. La réalisation des deux tableaux, une semaine pour chacun, plus une semaine de congé intermédiaire. Pendant le séchage, Max contacta le rabatteur, qui vint prendre livraison avec beaucoup de retard mais qui se montra ravi — seul Max traitait avec lui, il ne fallait pas qu'on se connaisse — et il paya comptant.

Max répartit l'argent, sans préciser la part de chacun. J'étais plus que satisfait — surpris, même — de ce que je reçus ; j'imagine que les deux autres aussi, et personne ne parla chiffres. Je suppose que j'ai reçu le gros du paquet, que Max ne s'est pas oublié, qu'il a payé Émile à l'heure, pour ses recherches, et que Jeanne ne dut pas recevoir grand-chose. C'est la répartition la plus logique et la plus probable.

J'avais fait le travail dans mon atelier, avenue Brugmann. Isabelle n'y montait jamais sans moi, en général, et je n'avais pas à me méfier. Je ne l'avais évidemment pas mise au courant, et elle ne me posait jamais ce genre de questions.

Quand nous fûmes « Chez Vincent » pour fêter

notre premier succès, la conversation tourna pourtant sur ce sujet. La prudence exigeait davantage de précautions, c'était l'opinion de Jeanne et de Max. Émile se déclarait beaucoup plus confiant, et considérait par ailleurs que l'absence apparente de changement était la plus sûre manière de ne pas attirer l'attention. Max et Jeanne protestaient qu'il ne leur venait naturellement pas à l'esprit qu'Isabelle m'espionne ou qu'elle ne soit pas absolument fiable. Mais ils pensaient seulement qu'il valait mieux s'assurer, pour son bien même, qu'elle reste tout à fait hors du coup. Je ne pouvais pas ne pas être d'accord avec eux, bien que cette conversation à quatre sur le dos de ma fille eût quelque chose de dérangeant, et je me résolus à suivre leur avis. Je leur dis seulement que j'allais voir ce que je pouvais faire. En fin de compte, j'étais quand même encore maître chez moi et maître de mes actes.

Le rabatteur ayant été ravi du résultat — les tableaux n'avaient pas encore paru sur le marché, cela dit, et il attendait le moment propice —, il nous réitéra sa confiance. Max obtint qu'il verse un à-valoir, qui fut réparti, et nous mîmes à sa disposition, en quatre mois cette fois, une imposante composition d'Henry De Groux. Ce n'était pas une peinture mais un pastel. Un énorme pastel de 320 × 185. De Groux était très méconnu et comme on ne lui connaissait aucun suiveur, l'attribution du tableau tombait sous le sens. Le rabatteur, là aussi, fut ravi.

Le sujet, d'ailleurs, m'avait passablement impressionné. Je l'avais choisi moi-même parmi les propositions d'Émile, qui avait fort bien percé la psychologie du peintre et son imaginaire de prédilection. Il s'agissait de la lutte entre Troyens et Achéens pour le corps mort de Patrocle. J'eus beaucoup de mal à me détacher du modèle que j'avais en mémoire — le tableau de Wiertz représentant le même sujet —, mais le résultat fut convaincant.

Le rabatteur l'acheta à Max, sans difficultés. Et nous fûmes « Chez Vincent ».

Dans la foulée de ce pastel, je réalisai tout un carnet d'esquisses de Lévy-Dhurmer, en remontant de certaines œuvres existantes et en leur imaginant un dessin préparatoire — par exemple, très jouissive fut l'invention des croquis pour le portrait de Rodenbach —, et en créant aussi d'autres croquis, présumés donc sans lendemain. On travaillait de plus en plus vite.

6

Mon état d'esprit de l'époque m'apparaît aujourd'hui assez insaisissable.

Je travaillais énormément. Et je devais être très régulièrement concentré. Le moindre dérangement m'irritait, et plus encore les remarques de Max ou d'Émile. Jeanne n'en faisait pas, elle était systématiquement de mon côté. Quand il s'agissait de copies, je pouvais comprendre qu'on me fasse des observations, il y avait un critère objectif : la ressemblance exacte du modèle. Mais, maintenant, l'intuition jouait le rôle déterminant. Les critiques — ponctuelles, il est vrai — d'Émile et de Max se fondaient sur le fait qu'ils avaient forcément une conception personnelle de l'effet que devait produire le tableau et, si cette conception différait quelque peu de la mienne, j'estimais qu'il fallait faire confiance au plus compétent, c'est-à-dire au peintre : moi. Le rabatteur se montrait ravi, c'était une preuve.

Une preuve plus forte encore me donna l'avantage lorsque nous apprîmes la vente du premier Émile Claus. Il était parti bien au-dessus de l'estimation haute, par préemption des musées nationaux. Les experts n'avaient émis aucun doute.

Max et Émile, cependant, maintenaient que ce succès et tous les succès du monde ne me garantissaient pas d'une erreur toujours possible. Je leur demandai s'ils mettaient mon génie en cause, s'ils ne croyaient pas en moi comme ils l'affirmaient. Je crus entendre Max ricaner, je partis d'une colère brutale, indomptable, je frappai la table et les murs, comme le jour de ma démission de l'école, et tout s'arrangea par des accolades.

Je me rendais compte, cela dit, qu'il n'y avait qu'une seule personne absolument indispensable dans notre affaire : moi. Les recherches de Max, les idées d'Émile, n'importe quel érudit et n'importe qui « du métier » aurait pu les fournir. Mais ma compétence à moi était infiniment plus rare. Du temps que je faisais des copies légales, je n'avais sur le marché qu'une petite poignée d'homologues et de véritables concurrents. Un Japonais, deux hyperréalistes américains, un Portugais et pas beaucoup plus. Je concevais maintenant ma supériorité dans le petit groupe que nous formions et j'en arrivais malheureusement à traiter avec beaucoup d'ingratitude ces amis sans lesquels je ne serais jamais devenu ce que j'étais.

Jeanne poussait dans ce sens, d'ailleurs, qui ne me cachait plus son admiration. Elle demandait à passer les journées avec moi dans l'atelier, pour me regarder travailler. Et j'acceptais. Elle me faisait gagner du temps : elle allait acheter les fournitures que je lui indiquais, elle préparait les repas, le café, elle classait l'importante quantité de documents, livres, photographies, esquisses que nous accumulions.

L'atelier devenait petit pour tout cela et, tandis que j'envisageais d'utiliser d'autres pièces de la maison, le sujet d'Isabelle et de la discrétion de notre entreprise revint sur le tapis. Isabelle commençait à donner des cours privés, de temps à autre, à la maison, et le va-et-vient des élèves, de leurs parents, apparaissait comme un risque supplémentaire. Je ne me rangeais pas à ces arguments et je n'avais l'intention de prendre aucune décision pour complaire à mes collaborateurs. Si je déménageais, il fallait que ce soit ma décision toute personnelle.

Mais il se faisait justement que ma situation privée m'incitait à faire quelques changements. Isabelle avait maintenant vingt et un ans, elle avait obtenu son Premier Prix au Conservatoire, il fallait que son père lui donne un coup de pouce pour se lancer dans la vie adulte.

Je lui proposai donc qu'elle prenne un appartement, si elle voulait. Elle refusa. Isabelle était fière, elle ne désirait pas s'installer sans assumer elle-même son loyer. Mais le fait était que ses quelques cours ne lui permettaient aucunement de prendre son indépendance. Les études qu'elle avait choisies, la profession qu'elle ambitionnait n'étaient pas de celles qui garantissent le confort économique. Surtout au début. Et elle n'entendait pas ne pas en porter la responsabilité. Je crois même que cette précarité financière l'empêchait de tomber amoureuse. Elle n'avait fréquenté personne depuis ce Jean-Marc — pour autant que je sache — et je pense qu'elle ne souhaitait pas entrer dans une relation de dépendance matérielle. Son ambition était très claire et, malgré qu'elle soit discrète jusqu'à la timidité, elle ne me la cachait pas : elle voulait parvenir à un niveau tout à fait supérieur et mener une carrière de soliste. Elle n'aurait pas eu trop de mal à trouver quelque place de professeur dans une académie publique, mais elle ne voulait pas faire ce qu'elle appelait durement de la garderie d'enfants. Et elle me dit un jour, avec beaucoup de précautions, qu'elle ne pensait pas suivre mon exemple et étouffer, sous prétexte de se sécuriser, les chances de percer dans le monde artistique et de réaliser son rêve, en prenant une place de professeur quelconque. Pour elle, c'était une manière hypocrite de renoncer. La chute assurée, en pente douce.

Quel père n'aurait pas été blessé d'entendre cela dans la bouche de son enfant, pour lequel il a vécu et tout sacrifié ? Mais quel père digne de ce nom n'aurait pas fait passer cette belle détermination filiale avant la vexation personnelle ? C'était un méchant coup à encaisser. Je concevais que ma fille, d'une certaine manière, avait honte de son père. Je dus réprimer un sentiment lamentable qui disait à peu près : on verra bien, ma fille, si tu parviens à faire mieux. Mais je le surmontai, non seulement parce que j'aimais Isabelle bien plus que tout cela — et elle aurait pu se permettre beaucoup plus d'ingratitude, je la lui aurais pardonnée dans la seconde —, mais aussi parce que, justement, quand elle me disait cela, j'en étais à un moment de ma vie où j'estimais avoir réalisé ce qui faisait de moi une personne unique au monde, et être parvenu à découvrir, à épanouir la nature véritable de mon ambition de toujours et de mon destin d'artiste. À quoi sert la grandeur personnelle, si elle ne nous rend pas magnanime ?

J'admirai donc la résolution de mon enfant, et je voulus l'encourager. Elle refusait que je lui paie un appartement. Fort bien. Il fallait éviter de blesser cet amour-propre sans lequel l'artiste n'est plus rien. Il fallait aussi lui donner, même malgré elle, de l'indépendance et de la liberté, sans lesquelles l'artiste n'est rien non plus. Et il fallait encore éloigner d'elle l'exemple quotidien de ce que son père représentait pour elle d'angoisse, je suppose, castratrice.

J'en parlais avec Jeanne, dans l'atelier, et elle s'accordait en tout point avec moi. Tel fut donc mon plan, qui devait satisfaire tout le monde.

Je fis un mensonge à Isabelle en lui disant que Nicole avait voulu que l'héritage de ses parents aille directement à sa fille et que, bien que sa mort précipitée en couches ne nous ait pas laissé le temps d'enregistrer sa décision chez un notaire, je m'étais évidemment promis de respecter sa volonté : je n'agissais qu'en gestionnaire de ce qui, en vérité, appartenait à la fille de Nicole. De sorte que la maison était à elle — je lui en avais fait donation par lettre — et qu'il lui revenait également un petit héritage financier que je me proposais de lui fournir sous la forme d'une rente mensuelle. Cet héritage financier était une pure fiction, bien entendu, et ce que je fis en réalité fut de lui verser chaque mois le fixe que me permettait mon instabilité financière.

Isabelle accueillit tout cela sans broncher. Elle précisa qu'elle ne demandait rien.

Je lui dis ensuite que j'avais décidé de déménager. Pour diverses raisons. D'abord, mon atelier ne me suffisait plus, je voulais plus de place et surtout une lumière différente — cet argument purement artistique devait la toucher plus que tout autre. Et puis, j'en sentais le besoin personnel, psychologique, disons. Il me fallait changer quelque chose pour assumer activement certaines étapes inéluctables de la vie : mon âge, le sien. Et je parlai encore du désir de me consacrer tout entier à la peinture.

La pilule passa, sans difficulté. Je ne sais trop ce qu'il y avait au fond d'elle-même, mais elle approuva ma décision. Elle insista pour que je ne me sente aucunement chassé, pour que je sois libre d'être encore chez moi tout comme avant dans la maison et pour que cela ne change rien à notre relation. Je promis, et je me mis en quête d'un appartement.

7

Je suppose que quelque chose me poussait irrésistiblement vers la mer. Le goût immodéré pour Ensor, peut-être.

Toujours est-il que je trouvai — plus exactement, c'est Jeanne qui trouva — un grand atelier, qui pouvait servir en même temps d'appartement, à Ostende, avec vue par l'avant sur la ville, et par la mezzanine, à l'arrière, sur le grand gris de la mer du Nord. C'était un dernier étage. Sur tout un côté, il n'y avait que des vitres, qui mangeaient encore un morceau du toit.

L'isolation — et le confort, en général — était très médiocre. Le sol n'était qu'une grande chape de béton coulé où des traces de semelles — les ouvriers, probablement — s'étaient imprimées. Sur la mezzanine en bois, où l'on parvenait par une échelle, j'installai un lit. Dans un coin de l'atelier, je construisis une cuisine minimale ; il y avait un W.-C. vaguement caché derrière une paroi, et une douche à côté.

Le premier élément de décoration fut mon tableau fétiche, le demi Rik Wouters, Nicole enceinte. Puis, au fur et à mesure que nous faisions des trajets avec la voiture de Jeanne, nous amenions les archives, le matériel, mes tableaux de jeunesse — des tableaux de maturité, je n'en avais presque aucun, tous ayant toujours été peints pour la vente —, et les livres.

Le déménagement de mon atelier faisait plaisir à tout le monde, naturellement. Max trouvait qu'en plus d'être sage cette décision m'offrait un espace de travail enfin digne de moi. Émile était content, lui aussi, quoique moins démonstratif, parce qu'il avait une mauvaise passe à cette époque. Il venait de remettre son commerce, ou plutôt de le liquider, puisqu'il n'avait pas trouvé repreneur. Quand on n'a ni femme ni enfant, ni œuvre ni rien, il est pénible de ne trouver personne qui s'intéresse à un commerce qu'on a tenu toute sa vie. Il était amer et susceptible. Et il s'irritait particulièrement dès que Jeanne ouvrait la bouche.

Quant à Jeanne, elle était forcément ravie, puisque c'était elle-même qui avait déniché cette remarquable occasion. Elle n'aimait rien tant que la mer, et elle me demandait si elle pourrait considérer mon atelier, de temps en temps, comme son petit pied-à-terre à elle aussi.

Je dus cacher soigneusement tout élément compromettant quand j'invitai Isabelle à visiter ma nouvelle demeure. Et, pour des raisons évidentes, je dus m'interdire de lui en proposer une clé, de lui dire qu'elle y était chez elle, et comme elle voulait.

C'était un peu triste. Mais la soirée, de toute manière, avait été morne. Nous ne trouvions pas toujours quelque chose à nous dire, et elle était rentrée par le dernier train. Je l'avais raccompagnée jusque sur le quai, je lui avais fait signe jusqu'à la disparition dans la nuit du convoi plein de lumière.

En revenant à l'atelier, sur les trottoirs déserts de cette ville où je n'avais encore aucune habitude, étrangement funambulesque entre l'infiniment petit de la province et l'infiniment grand de la mer, je fus pris, comme il était prévisible, d'une grande détresse et d'une puissante mélancolie. Je conçus que j'avais un choix à poser : pleurer ou foncer. Il fallait soit faire demi-tour, rentrer à la maison, tout abandonner et chercher à redevenir un enfant en vieillissant, submergé par le passé ; soit marcher, aller de l'avant, faire comme si j'avais vingt ans, aucune attache, et ne penser qu'à moi. Isabelle n'avait plus besoin que je pense à elle, au contraire. Elle avait besoin de quelqu'un qui lui donne l'exemple d'une vie indépendante, libre, sans compromis lâche avec les conventions sociales et les sécurités morales. C'était le moment d'être jeune autant qu'elle, et d'accepter les risques.

8

Je travaillais avec acharnement.

Jeanne s'installa avec moi et, bien que je vécusse comme un moine, sa présence quotidienne et permanente, tout comme cette nouvelle lumière d'Ostende, me donnait l'impression d'être rentré dans un nouveau compartiment de ma vie, dans une nouvelle dimension, où j'étais, en quelque sorte, jeune avec des rides et les tempes grises.

Jeanne aussi revivait. Elle allait se baigner tous les matins, quel que soit le temps, et elle étudiait un certain négligé dans ses tenues et ses cheveux, qu'elle avait joliment teints et qui la rendaient charmante. Elle était de ces femmes qui sont plus belles à cinquante ans qu'à vingt-cinq.

Elle avait fait venir son piano de Bruxelles et elle en jouait tous les jours. Elle jouait moins bien qu'Isabelle, mais je m'y habituais, et je trouvais dans son jeu quelque chose qu'Isabelle ne donnait pas et qui ne vient peut-être qu'avec l'âge. C'était comme si ses morceaux étaient toujours au bord d'être joués pour l'ultime fois, avec la beauté d'une fleur trop ouverte dont on sait que, le lendemain matin, elle aura fané tout à fait.

Jeanne cuisinait délicieusement, avec une prédilection pour les préparations asiatiques, qui emplissaient régulièrement la lumière crue de l'atelier de senteurs compliquées et stimulantes.

Je retrouvais de la vigueur physique. J'allais nager avec Jeanne, tous les matins, dans l'eau vivifiante de la mer et, quand le soleil chauffait par les vitres innombrables de l'atelier, je peignais torse nu. Je découvrais cet aspect combatif de la peinture et, dans les œuvres personnelles que je m'étais remis à entreprendre, j'adoptais une pâte plus épaisse, des toiles de très grand format, j'assaillais la surface à la brosse.

J'avais alors la poitrine couverte de taches de couleur et, le soir, devant la télévision et faute de mieux sans doute, Jeanne s'amusait à les gratter du bout de l'ongle.

J'eus bientôt deux établis différents : l'un pour mes créations personnelles, et l'autre, où les pinceaux et les couleurs étaient mieux rangés, plus fins, plus variés, pour mes travaux de faussaire. Je menais les deux occupations de front.

Jeanne regrettait que je ne la prenne jamais comme modèle pour mes créations personnelles. Je ne peignais pas de personnages. Seulement des vues de mer ou des fleurs. Et cette insatisfaction nous conduisit à un petit événement.

En effet, on s'était proposé de forger, cette fois, un tableau d'Alfred Stevens. Le sujet le plus facile, pour que l'attribution ne pose pas problème, était, forcément, le portrait d'une élégante en robe de satin près d'un bouquet de fleurs éteintes. Il s'agissait de laisser l'œuvre inachevée pour qu'on justifie plus aisément que le tableau ne soit pas mentionné dans le catalogue de l'artiste. Il s'agissait aussi de ne pas le signer, pour que l'attribution à Stevens soit le fait des experts et le résultat d'une étude stylistique.

Le pari semblait risqué, mais je maîtrisais Stevens absolument. Je pouvais dire, quand je le contrefaisais, que *j'étais* Alfred Stevens. Le tableau passerait en vente — supposition — sous le titre : « Portrait d'une inconnue, auteur anonyme, attribué à A. Stevens. » Ces jeux d'illusions avaient quelque chose de grisant, et la soirée, d'ailleurs, où nous mîmes le projet au point, à quatre, dans mon atelier, fut généreusement arrosée. Nous étions assis par terre, protégés des regards indiscrets par les grands paravents chinois que Max m'avait offerts pour mon installation.

Jeanne suggéra alors de poser pour ce portrait. L'idée la faisait brûler de désir.

Personnellement, je n'y voyais pas d'inconvénient. Max se demandait s'il n'y aurait pas là un risque de se faire reconnaître. Mais qui connaissait Jeanne ? Son visage n'était pas plus célèbre qu'un autre. Jeanne ironisait, d'ailleurs : c'était une garantie pour que le portrait ne soit pas idéalisé. Et il est vrai que Stevens n'a jamais peint, au fond, que le plus réel de la réalité.

On avait constaté déjà qu'Émile, bougon ces derniers temps, n'avait plus avec Jeanne une relation très sereine. Mais on n'imaginait pourtant pas qu'il puisse exploser comme il le fit et partir d'une telle colère.

Il s'était tu, dans un premier temps. Mais quand Jeanne lui demanda son opinion, il n'y tint plus. C'était mélanger tout, le travail et les vanités personnelles, et c'était surtout mettre le projet en péril, parce que Stevens, d'après lui — et il le dit méchamment —, ne peignait pas les vieilles.

Il en fallait moins pour que Jeanne s'énerve à son tour, et nous écopâmes, Max et moi, une scène douloureuse et pitoyable où, sans pudeur aucune, ils se lancèrent à la figure tous les griefs, toutes les rancœurs, exacerbées par la colère et le sentiment, peut-être même la volonté, de briser définitivement toute amitié. Ce fut l'occasion d'apprendre des tas de choses qui ne nous concernaient aucunement, Jeanne taxant Émile d'impuissant, et lui la traitant de nymphomane sur le tard, plus toutes sortes de détails qui, dits en public, font les situations impardonnables. Le pire fut qu'après leur interminable dispute, ils ne donnaient ni l'un ni l'autre l'impression d'avoir vidé leur sac, et quand Émile claqua la porte, il avait encore la poitrine gonflée de choses qui, manifestement, n'avaient pas pu sortir.

Jeanne, elle, douloureuse, le faciès méconnaissable, tourmenté et hideux, eut une réaction qui confirmait passablement les insultes d'Émile, et elle se déshabilla sur place, monta sans pudeur aucune l'échelle de la mezzanine, se coucha sur le lit, qui n'était plus dans notre champ de vision et, après un moment, cria d'une voix déchirante et laide : « Et maintenant, venez la peindre, l'origine de tout, si vous voulez ! » Puis elle sanglota.

J'échangeai quelques regards perplexes avec Max, qui vidait consciencieusement les bouteilles et qui me proposa de sortir faire un tour, pour laisser les choses se tasser. En marchant sur la digue, je lui demandai s'il n'y avait pas de danger qu'Émile, par vengeance ou aveuglé de colère, ne nous dénonce. Max me rassura. Selon lui, il n'y avait aucun risque de cet ordre.

Max s'en retourna à Bruxelles. Moi, je n'osai pas rentrer à l'atelier et je m'assis sur la plage où, malgré le froid et probablement grâce au vin, je m'endormis.

9

Max avait annoncé le Stevens au rabatteur, qui acceptait toujours. J'avais le feu vert.

Jeanne s'était immédiatement remise de sa crise et, le lendemain du terrible soir, après m'être réveillé, assez étonné, sur la plage, et après avoir attendu, en mangeant des croissants et prenant du café, qu'il soit une heure convenable pour réveiller Jeanne, je ne fus pas peu surpris de la trouver levée, en maillot, une chemise sur les épaules, toute prête déjà pour le bain de mer quotidien. Elle me dit seulement : « Alors, mon vieux, tu es prêt ? Je t'attendais », d'un air qui sans doute en disait long mais que je ne sus pas interpréter.

Je l'accompagnai au bain de mer. Elle ne revint pas sur les événements de la veille ; on n'en reparla jamais. Toute cette journée-là, elle fut de bonne humeur. Le soir, elle m'invita au restaurant, et la vie continua comme si de rien n'était.

Quand je lui annonçai que j'avais le feu vert pour le Stevens et que je lui demandai si elle était toujours d'accord pour poser, elle fondit en larmes. Je ne comprenais pas pourquoi elle y attachait tant d'importance. Mais, justement pour cette raison, parce que c'était une manière de satisfaire un désir qui me dépassait, je tenais beaucoup à lui faire ce plaisir, disons, miraculeux.

Je la chargeai de trouver une robe qui corresponde à une série de critères que je lui signalai et, en quinze jours de recherches passionnées, elle mit la main sur une tenue d'époque qu'elle retoucha elle-même à ses mesures — elle était très flattée d'avoir à rétrécir à la taille une robe qui, dans le temps, se portait en corset, et de devoir l'élargir ailleurs.

Elle ne voulut pas me montrer la robe avant qu'elle lui semble parfaitement ajustée, alors même — et j'insistais — qu'il me fallait l'étudier pour la préparation des couleurs. Un moment, j'ai craint, en repensant à ce qu'Émile avait dit, qu'elle n'ait choisi quelque chose comme une robe de mariée. Je n'aurais pas pu peindre un tableau aussi pathétiquement ridicule, et j'imaginais la peine qu'elle en aurait. Je tremblai, donc, le jour où elle m'envoya derrière le paravent, avec l'ordre de n'en sortir qu'à son appel.

Elle appela. Je sortis de derrière le paravent, le cœur serré, et je poussai un immense soupir de soulagement en découvrant une très belle et très digne Jeanne, dans une robe cintrée orange et noir, en bandes de satin, brillante et, somme toute, pour l'époque, plutôt sobre. C'était si réussi et j'étais si soulagé que je me précipitai vers elle et la fis tourner dans mes bras comme une jeune fille.

Je lui fis prendre la pose et je commençai les séances d'observation. Pour le bouquet de fleurs qu'il fallait peindre aussi, j'avais décidé de copier l'un de ceux que Stevens avait peints dans d'autres tableaux. C'était tout à la fois plus facile et plus probant, puisque l'artiste avait pratiqué plusieurs fois l'autocitation.

Le travail s'avéra plus long et difficile que prévu. Peindre un modèle vivant, je n'avais plus fait cela depuis l'école. Cet inévitable tremblement de vie qui anime un modèle me déconcentrait. Le regard de Jeanne, qui devait, selon le projet de composition, fixer le spectateur, se posait forcément d'abord sur le peintre, et me faisait perdre mes moyens.

Nous travaillions en silence, c'était nécessaire pour moi. Mais un visage qui vous regarde en silence, et si longtemps, il n'y a rien de plus perturbant.

J'avais reculé devant la difficulté et j'avais commencé par me consacrer entièrement à la robe et au rendu compliqué du satin. Je disais à Jeanne qu'il n'était pas nécessaire, pour cette étape, qu'elle pose en continu. Une fois trouvée la forme de la robe et des plis, il suffisait de la photographier et de reproduire la même disposition en enfilant la robe sur le mannequin articulé que Max m'avait fourni. Même, je pouvais peindre de mémoire et selon la logique du tissu et de l'éclairage. Mais Jeanne me suppliait de la laisser poser. J'avais beau dire que c'était une occupation et une perte de temps jugées détestables au bout de deux heures par les modèles du monde entier et de tous les temps, elle n'en démordait pas. Je ne comprenais pas, mais c'était manifestement si important pour elle que je n'avais pas le cœur de le lui refuser. Et tant pis si ça devait durer deux fois plus.

J'avais presque fini la robe — sans rien de vivant encore : ni main, ni visage, ni gorge — quand deux événements importants — qui en entraînèrent un troisième — vinrent m'interrompre.

C'était le soir. On se reposait, Jeanne et moi, devant la télévision. Le téléphone sonna : Isabelle me prévenait que ma mère, avec qui je n'avais plus aucune relation depuis des décennies, avait appelé, avenue Brugmann, en pleurs, pour annoncer le décès de mon père.

Isabelle, qui n'avait quasiment jamais fréquenté ses grands-parents, n'était pas plus émue que moi, mais tout aussi surprise. L'enterrement aurait lieu deux jours plus tard, à Sainte-Croix, place Flagey, près de l'ancien bâtiment de la radio. Isabelle me confiait qu'elle n'irait probablement pas, parce qu'elle présentait le soir même de l'enterrement l'épreuve finale d'un concours pour lequel elle devait se préparer très sérieusement.

C'était comme ça, d'ailleurs, que j'apprenais la chose, que ma fille était en finale d'un concours, et je ne l'aurais pas su sans la coïncidence du décès de mon père. Je me rendais compte qu'elle avait bien pris déjà son indépendance.

Jeanne me proposa gentiment de m'accompagner, mais je lui dis que je préférais aller seul et qu'elle devait profiter de ce congé forcé pour se distraire un peu. L'enterrement avait lieu le vendredi matin, le concours d'Isabelle le vendredi soir. Je dis à Jeanne que je pensais passer tout le week-end à Bruxelles et qu'on se retrouverait dimanche soir, pour reprendre le collier lundi matin. Le vendredi, tôt, en costume sombre et une petite valise à la main, je pris le train de Bruxelles.

10

Enterrer son père, c'est un événement important dans la vie d'un homme. Moi, cela ne me fit presque rien. Et c'est cela surtout qui me marqua.

Je devais avoir l'air très troublé, à l'église, au cimetière, et les apparences, d'une certaine manière, étaient sauves. Mais ce qui me troublait, ce qui me blessait, c'était la misère de cet enterrement vide et froid, l'absence palpable d'amour et même de véritable déchirement. Le prêtre priait pour un paroissien qu'il n'avait jamais vu, une âme abstraite et le symbole noir du cercueil.

Dans l'église il y avait surtout des chaises.

Nous étions douze, en comptant les trois croque-morts et le curé.

Il y avait un harmonium, près du chœur, dont personne ne jouait, naturellement, et son petit banc vide m'arracha un bref sourire, sceptique.

Nous n'étions que des solitudes, et cela se voyait bien : il y avait des places vides, parfois des rangées, entre deux têtes blanches.

Ma mère était au premier rang, à côté d'une vieille qui semblait être la voisine. Je m'étais mis en arrière, pour voir sans être regardé, pour être là et n'être pas là.

Le prêtre parlait dans un micro pathétiquement inutile et l'une ou l'autre personne savait — ou, du moins, osait — répondre ce qu'il fallait au fil de la liturgie.

J'avais toujours estimé décent de ne pas communier, par respect pour ceux qui croient, et ce fut le seul moment où je me sentis quelque chose et quelqu'un dans ce grand néant d'absences et de petites gens sans consistance, qui revenaient, le corps du Christ en bouche, et qui en profitaient pour me remarquer et faire semblant de rien.

J'éprouvai soudain une tressaillante admiration pour ce prêtre qui faisait tous ces gestes gratuits, qui disait tous ces mots inutiles sans la moindre trace de fatigue, de harassement ou d'ennui.

À la fin de la messe, ma mère vint vers moi. Je l'embrassai, sans effusion particulière, et elle me dit seulement qu'il était mort sans souffrances.

Il fallait monter au cimetière en voiture. Comme je n'en avais pas et que je restais sur le trottoir, devant le corbillard, le curé, qui s'était changé et qui sortait de l'église l'étole sur le bras, me proposa de m'emmener.

J'espérais qu'on parle dans la voiture, mais je

ne trouvais rien à dire. Lui me demanda où j'habitais, ce que je faisais. Il me dit qu'il aimait beaucoup la peinture et qu'ils possédaient au presbytère une très belle nature morte qu'ils ne savaient pas dater. Il m'invita à passer la voir après la mise en terre, si je voulais. Je ne répondis ni oui ni non. On arrivait au cimetière.

Pendant les prières, devant la tombe, j'observai ma mère. Elle était affectée d'une déformation que je croyais réservée aux hommes, un grossissement rouge et variqueux du nez, plus discret évidemment que dans le tableau de Ghirlandaio, et qui indiquait assez bien le genre de vie qu'ils avaient dû avoir, elle et mon père, toute la journée au bistrot d'en bas, à aligner cinq verres et six phrases par heure, et à ne penser jamais à rien.

Elle pleurait tout doucement, et je songeais avec horreur qu'il s'agissait peut-être, sans qu'elle le sache, de cette tristesse qui s'empare des alcooliques quand ils n'ont pas bu à leur heure.

Je jetai ma part de terre sur le bois noir au fond du trou et je m'en allai sans attendre. J'avançai dans l'allée de graviers, je me retournai, comme par réflexe, et je vis, parmi les gens qui s'en allaient aussi, ma mère allumant, de ses vieilles mains osseuses, une cigarette.

Je continuai du même pas, qui était beaucoup plus rapide que le leur, et je passai la grille. Je me retrouvai donc sur le fameux rond-point du cimetière d'Ixelles, tout bordé de bars, bourré d'étudiants et d'animation. La petite voiture rouge du curé me remit son invitation en mémoire. J'ignorais s'il était prévu quelque verre de l'amitié, quelque réception de condoléances, mais je songeai avec dégoût que, s'il devait y avoir quelque chose dans ce genre, ce serait probablement au bistrot habituel de mes parents, et je voulais bien tout sauf voir ce désespoir.

Je renonçai aussi à l'invitation du Père et à sa belle nature morte, en supposant que le mieux pour moi était de prendre au plus vite mes distances et d'oublier tout ça.

11

Oublier, évidemment, c'était une illusion. Je ne savais trop que faire ni où mener mes pas. Je ne voulais pas que cette journée à Bruxelles ressemble à un pèlerinage de nostalgique. J'avais décidé, naguère, de foncer et d'aller de l'avant. Il ne fallait pas, maintenant, céder à la tentation contraire.

Je pensais passer avenue Brugmann, à la maison, mais je craignais de déranger Isabelle, qui devait préparer son concours. Alors, j'appelai par téléphone. Elle me dit en effet qu'elle préférait ne pas me voir, que ça la déconcentrerait. C'était bien naturel. Mais elle me proposait, en revanche — et j'y comptais bien, d'ailleurs — d'assister au concert. C'était à 20 heures, dans l'auditorium d'une banque, place du Trône.

Pour passer le temps, j'allai manger, je lus la presse pendant deux heures sur une terrasse du Marché aux poissons, j'allai au cinéma en après-midi, et j'arrivai en avance au concert.

La salle était loin d'être comble, et je n'eus pas de mal à obtenir une place. J'avais préparé, au cas où, un petit boniment — le papa d'une candidate, etc. —, mais c'était inutile.

Je reçus un programme, je pris mon siège et je lus. Il y avait six finalistes, qui présentaient chacun deux œuvres : un morceau imposé à choisir dans le *Clavier bien tempéré*, et une sonate libre. Isabelle passait en deuxième position, et elle présentait le dernier prélude et fugue, le vingt-quatrième, celui qui clôt le second livre, et la dernière sonate de Beethoven, la trente-deuxième, opus 111. Je fus frappé d'abord par l'audace de son choix. Les autres avaient à leur programme des morceaux plus classiques — la deuxième sonate de Chopin, l'*Appassionata*, la *Pathétique*, une sonate de Schubert en *la* majeur et les *Variations Abegg*. Il y avait sans doute une consigne pour limiter le choix de la sonate au XIXe siècle, ou bien les préférences de chacun coïncidaient curieusement. Je trouvais que le choix d'Isabelle était le plus distingué, et j'en étais fier.

Je n'avais pas le trac, je n'avais pas été préparé pour ça. Je ne savais même pas l'enjeu exact du concours ni ce qu'il représentait pour elle. Ce n'était peut-être qu'une obligation. Ça n'avait pas l'air d'être absolument décisif, en tout cas, puisque les membres du jury m'étaient tous inconnus. Pas de grand nom. Du moins, pas de nom connu du grand public, dont j'étais.

La salle commençait à se remplir. Ce choix qu'Isabelle avait fait pour des morceaux conclusifs, pour des dernières œuvres, ne laissait pas de m'étonner, et je ne parvenais pas à le rattacher à ce que je connaissais de ma fille. Peut-être ne la connaissais-je plus assez. Peut-être était-ce, de sa part, une preuve de maturité — qu'y a-t-il de plus mûr et presque de plus ultime, en effet, que l'opus 111 ? —, ou un snobisme, ou un hasard.

Je ne l'avais jamais entendue jouer ce morceau. Je ne le connaissais que des doigts de Jeanne, qui le retravaillait souvent. Et par le disque, aussi. Je n'avais pas le trac, non, mais j'étais très curieux. Le noir se fit.

Une femme au micro présenta le premier candidat, qui entra en scène, vêtu d'un jeans et d'un T-shirt noirs, et qui joua merveilleusement Chopin.

J'avais oublié que c'était dans cette sonate-là qu'apparaissait la fameuse *Marche funèbre*, qui ne pouvait pas venir plus à propos et qui m'offrit ce soulagement que j'aurais sans doute reçu plus tôt si je n'avais pas stupidement évité l'invitation du curé.

C'est là, dans cet auditorium, en écoutant Chopin sous les doigts d'un certain Martin Champion, que j'ai enterré mon père.

J'étais si ému que je n'ai pas réalisé que c'était le tour d'Isabelle, et je l'aperçus soudain derrière le piano. Elle portait une longue robe fuseau noire avec des manches de tulle qui s'ouvraient sur le coude. Elle avait fait un chignon, qui m'intriguait, et ce n'est qu'après son Bach que je réalisai qu'elle avait teint ses cheveux châtains en noir de jais. Ça la changeait beaucoup.

Son Bach me plut. Elle l'avait joué si baroqueux, si net, si expressivement arithmétique, et si différemment de ce que je lui avais déjà entendu faire, à l'époque où Abraham Kahn le lui faisait travailler.

On n'applaudissait pas entre les deux morceaux d'un même candidat. C'était la règle du concours. On ne connaissait donc pas l'opinion du public et je songeais que cela devait être particulièrement gênant. J'avais le cœur serré pour Isabelle. Mais je pensai qu'elle avait sans doute l'habitude du système et que mes peurs et mes battements de cœur ne s'accordaient probablement pas, probablement plus, avec les siens. Je ne savais plus ce qu'elle craignait, quand elle craignait, ce qu'elle désirait et comment elle le désirait.

Vint Beethoven, et le premier mouvement. Ce petit bout de ma fille l'interpréta avec tant de puissance, tant de muscles dans les graves, tant de vigueur dans le rythme, que ce que j'avais entendu par Jeanne me parut un autre morceau. Isabelle était parvenue à me captiver, à me capturer, elle avait ouvert un univers tout différent, d'une énergie brutale et stupéfiante, dont je ne comprenais pas comment il pouvait exister dans cette jeune fille, dans cette femme si discrète, timide, effacée presque, cet être de si peu de mots, dans cette enfant, dans mon enfant, la fille de Nicole, la fragile Isabelle à la voix douce et au regard lointain.

Le second mouvement me commotionna. Et je sentis en moi un magnifique, oui, magnifique, déchirement, comme le déchirement de ma fibre paternelle. Isabelle s'arrachait à moi dans ce rêve inconcevable de trilles et d'ivresses célestes, dans cet inaccessible firmament des notes les plus subtiles et constellées, beaucoup plus hautes que toutes les possibilités de la voix humaine la plus cristalline ; elle tranchait d'un coup d'avec son pauvre père en faisant traverser dans le ciel le message prodigieux de son génie, qui reléguait le mien à l'obscurité souterraine de ma misérable illégalité, et au mensonge soudain dévoilé, et ébloui.

Je retenais mes larmes et, quand les applaudissements, après tant d'irréelle musique, explosèrent soudain, j'explosai moi aussi en sanglots, et je frissonnai comme un fiévreux. Isabelle disparut. Les autres candidats eurent leur tour, et j'attendais la fin.

12

À la pause, après le troisième pianiste, je demandai à passer en coulisses, mais il était interdit d'entrer en contact avec les finalistes avant la fin de la proclamation des prix.

J'attendis donc. Les trois derniers pianistes jouèrent beaucoup trop lentement, et le jury nous gratifia d'une délibération interminable.

Tout le monde dans la salle avait son candidat et l'atmosphère était extrêmement inquiète. Dès que la porte, sur le flanc de l'estrade, semblait s'ouvrir, une rumeur s'élevait, puis retombait. À minuit, à peu près, le jury entra.

Après d'insupportables préambules, félicitations et remerciements, ils commencèrent à proclamer les résultats.

Isabelle n'était pas première. C'était le dernier des candidats, celui des *Variations Abegg*, qui fut appelé et qui apparut, ovationné, et qui se tenait le visage dans les mains.

Isabelle ne fut pas non plus deuxième. Ni troisième. Ni quatrième. Isabelle fut la cinquième, l'avant-dernière. Elle apparut le visage aussi dans les mains, mais je crois que ce n'était pas les mêmes larmes qu'elle cachait.

Le public l'applaudit très chaleureusement, pourtant, et ne semblait pas d'accord avec la terrible sentence du jury. Moi, j'étais effondré.

Je ne pris même pas la peine d'applaudir le dernier candidat et je sortis de la salle. Je m'approchai déjà des coulisses pour être le premier à la consoler.

J'entendais à travers les murs que le président du jury continuait de parler dans son micro, il prononçait sans doute le discours de clôture du concours. Et j'attendais, j'attendais.

Je savais qu'Isabelle aurait tant besoin d'être consolée, d'être encouragée, d'être admirée aussi franchement que je l'avais admirée. Le discours du président durait.

Il dura si longtemps qu'il me laissa le temps de me souvenir de cette autre fois, de cet autre concert où Isabelle avait pleuré, et où elle avait cherché la consolation chez un autre, qui la comprenait peut-être mieux, qui savait mieux que moi ce que c'était et ce qu'était la musique.

Je me souvenais de ce chignon et de ces cheveux que je ne reconnaissais pas. Je mesurais soudain, accentuée par la tristesse et les émotions de la journée, toute la distance qui me séparait d'elle. Je concevais que, tout à l'heure, à l'enterrement, la dernière personne dont j'aurais voulu recevoir les consolations et l'embrassade, c'était ma mère. Si j'avais voulu être consolé, je l'aurais demandé au curé. Et Isabelle, n'étais-je pas devenu pour elle, ne fût-ce qu'un peu, ce que mes parents étaient devenus pour moi ? Était-ce de moi qu'elle avait besoin ? Est-ce que je n'étais pas là pour lui rappeler l'immonde image de l'artiste raté, qui devait sans doute, après une telle déception, se présenter avec angoisse à son esprit ? Est-ce que je n'avais pas choisi le pire de tous les moments, la pire de toutes les circonstances pour lui dire que j'étais fier d'elle, qu'elle m'éblouissait, que je l'admirais ? Est-ce qu'elle n'était pas en train, maintenant, sur l'estrade encore ou en coulisses déjà, de maudire cette coïncidence, de regretter amèrement que justement je sois là, pour une fois, et que je sois toujours là où rôde l'échec, et que j'ajoute, à son humiliation, la mienne ?

J'entendis du mouvement derrière la porte des coulisses, je pris peur, je reculai, je ne me décidais pas mais je reculais, et j'étais près de la sortie déjà quand je la vis passer la porte. Deux ou trois personnes que je ne connaissais pas la prirent dans leurs bras. Elle ne me vit pas, je crois, et je m'enfuis.

13

Je pris une chambre dans un hôtel quelconque, et je regardai la télévision jusqu'au matin, sans parvenir à fermer l'œil.

Au petit déjeuner, devant une tasse de café, assez curieusement, je me sentais un peu reposé. Ou, du moins, un peu réparé.

Je pensais à rentrer à Ostende. Continuer d'aller de l'avant, comme je me l'étais promis. Mais j'avais lu dans la presse, la veille, sur la terrasse du Marché aux poissons, qu'il y avait ce samedi après-midi à la galerie Moderne une vente publique dont on annonçait les lots majeurs et où figurait mon pseudo-De Groux, *La Dispute du corps de Patrocle.*

Nous étions convenus, les autres et moi, de ne jamais assister à la vente d'une de nos productions. Par mesure élémentaire de prudence. Mais j'étais si retourné ce samedi-là que je m'estimais en droit d'enfreindre la règle, pour une fois. J'avais un besoin vital d'aller assister à ce spectacle, d'une certaine manière, où je me produisais, et je voulais aller m'applaudir et voir et jouir des applaudissements du public. La faveur du public, en l'occurrence, ce serait d'abord le fait manifestement acquis que l'attribution ne soit pas mise en doute, et ensuite, le résultat des enchères.

La vente commençait à 15 heures. Cette nouvelle perspective, ce nouveau but décidé dans ma journée, débloqua le processus du sommeil, et je remontai dans ma chambre dormir quelques heures.

Le premier détail navrant fut que, attendu que je quittais la chambre à 14 heures et qu'il fallait la libérer, selon le règlement, pour midi, je dus payer deux nuits au lieu d'une. Le second détail navrant fut nettement moins un détail et nettement plus navrant.

Je me rendis à la galerie Moderne et je tâchai d'être discret — ce qui, du reste, est dans mon naturel. Je jetai un coup d'œil et je constatai que la table des commissaires faisait face à la porte, c'est-à-dire que les acheteurs lui tournaient le dos et que je pourrais entrer sans croiser le regard de l'assistance.

Je consultai le catalogue de vente : mon De Groux portait le numéro 189. Je me renseignai auprès du bureau, où l'on m'apprit que la moyenne de passage était de cent numéros par heure, et je jugeai qu'il serait judicieux d'attendre avant de rentrer et de limiter mon temps de visibilité dans la salle.

J'allai donc me cacher derrière un journal dans un café voisin. Une certaine excitation se mélangeait à mes pénibles impressions de la veille, et les rendait plus surmontables.

Dans le journal, on évoquait le concours d'hier soir. Une colonne, dans la rubrique culturelle. Ils commençaient par rappeler les grands noms qui l'avaient remporté et ils insistaient sur l'impulsion que ce concours avait donnée à leur carrière. Ce n'était pas une épreuve très connue du grand public, mais le milieu, à échelle internationale, en revanche, savait y être attentif. Le lauréat remportait une somme d'argent, sans doute, mais surtout une remarquable recommandation.

Le journaliste qui, probablement pendant la nuit, ou à l'aube, avait écrit ces lignes n'imaginait certainement pas qu'elles feraient souffrir quelqu'un comme je souffris en les lisant. J'avais bien fait de m'enfuir. Je n'aurais même pas dû venir. J'aurais dû ne pas être là. J'aurais dû rester dans l'ignorance où Isabelle m'avait tenu. Isabelle n'aurait pas dû me le dire, elle n'aurait pas dû m'appeler, ma mère n'aurait pas dû l'appeler, mon père n'aurait pas dû mourir. Ou plus tôt. Ou plus tard. Quel gâchis ! Quel sinistre gâchis !

Je refermai le journal et, en regardant par les vitrines du café, comme jadis quand je regardais le jardin par les fenêtres de la maison, je sentais mes yeux se mouiller. La musique d'hier me revenait, toute mélangée, tout impure, et l'envie me reprenait de tout abandonner, de retourner avenue Brugmann, avec Isabelle, et que tout s'arrête là.

14

Mes amis, cependant, m'ont toujours relancé. Même sans le faire exprès et même sans le vouloir.

Ce fut le cas d'Émile, à cet instant précis, que je vis passer devant la vitrine du café. Mon premier réflexe fut de l'appeler, mais je me retins, et, deuxième réflexe, je voulus me cacher derrière mon journal — il allait se douter que j'allais à la vente — mais, troisième réflexe et tout en une seconde, je conçus qu'Émile non plus n'avait rien à faire là et que lui aussi, contre les accords, allait assister à la vente. C'était certain. Ce hasard-là n'était pas possible.

Je ne pouvais plus aller à la vente, Émile m'y aurait vu. Mais puisqu'il fraudait autant que moi, il ne pouvait pas non plus me dénoncer à Max sans que les soupçons retombent aussitôt sur lui. Je décidai donc d'y aller, malgré tout, et de veiller à ne pas me faire repérer. J'avais l'avantage de savoir qu'il était là, tandis qu'il ignorait ma présence.

Je payai et quittai le café. Cet événement m'avait sorti de ma mélancolique torpeur, et j'étais aux aguets comme un renard.

Je le vis passer la porte de la galerie. Je m'efforçais de ne pas le perdre de vue. Il avait le catalogue de vente sous le bras et je l'accusai donc de préméditation. Moi, du moins, j'avais cédé sous le coup d'une émotion. Je songeais même que ce n'était peut-être pas la première fois qu'il ne résistait pas à la curiosité, et cela me paraissait aberrant, scandaleux, même, au sein de notre équipe, de prendre des risques pareils avec de pareilles moustaches.

Les deux longs murs de la grande salle étaient occupés par toute une série de meubles et d'objets d'art qui allaient être mis en vente. Je vis Émile aller s'installer contre le mur de gauche, derrière un bronze animalier et devant une Diane chasseresse qui me le cachait en partie. La salle était comble et, toutes les chaises étant occupées, les gens se pressaient pour trouver une place sur les marches, contre les murs, entre les meubles et les statues. Dans cette foule, heureusement, je passerais facilement inaperçu.

Je restai dans le fond, debout, près de la porte, et je voyais toute l'assemblée au pied de l'estrade où les commissaires énuméraient les lots et menaient les enchères. Ils en étaient au numéro

152, une paire de candélabres anglais en argent, qui n'intéressaient personne et qui partirent au-dessous de l'estimation basse en moins de temps qu'il n'en faut pour le dire.

J'assistai alors à un spectacle peu commun. Presque à la première rangée, assise et en fort belle tenue, il y avait Jeanne. À côté d'elle, un homme avec qui elle échangeait un mot de temps à autre et dont je ne pouvais voir le visage. J'apercevais seulement ses cheveux sombres, poivre et sel, et son allure générale qui, vue de loin, du moins, n'était pas brillante. Son veston était quelconque, il le portait de travers comme les gens sans soin. J'en déduisis aussitôt qu'il était célibataire.

Jeanne, donc, était là aussi. Et il était probable qu'elle ignorait qu'Émile était là, plus en arrière dans la salle, et qu'il la voyait certainement, tout comme il ignorait que j'étais là et que je le voyais.

Les lots se succédaient assez vite. On en était au numéro 166 : une salière Louis XIV, dont le commissaire-priseur, dans son indispensable micro, racontait qu'elle était un des rares exemplaires ayant survécu à la fonte des argenteries pour le financement des campagnes militaires du Roi-Soleil, et qui partit cinquante fois au moins le prix du métal.

Qu'est-ce que Jeanne pouvait bien faire là ? Et avec une connaissance, manifestement. Il y avait des fissures qui se créaient de partout dans mes rares certitudes. Enfin, dans les choses que je ne songeais pas à mettre en doute. Ou que j'avais la paresse d'interroger.

Le lot 181 me réserva une dernière surprise. Le commissaire-priseur annonça dans le micro : « Numéro 181, un bronze néoclassique, signé Purschmidt sur le socle et représentant Diane chasseresse. Il est là, contre le mur, s'il vous plaît, Messieurs, faites un pas de côté, que tout le monde puisse voir la pièce. »

Les gens qui étaient près de la Diane se dégagèrent. Et notamment Émile. Mais le déplacement me permit aussi de voir, à côté d'Émile, avec lui plutôt, Max, le quatrième, qui avait vu, comme Émile et avec Émile, que Jeanne était au premier rang et, de peur sans doute qu'elle se retourne comme tout le monde pour regarder la pièce que le commissaire visait le bras tendu, ils firent tous deux, Émile et Max, un plongeon grotesque, s'accroupissant soudain pour échapper à son regard.

À moi, ils n'avaient pas échappé. Je fis un pas en retrait et sortis prudemment de la salle. J'assistai à la suite de derrière la porte, voyant ce qu'il fallait voir par l'entrebâillement.

On en arriva au lot 189, que le montreur amena sur un chariot et qui suscita une rumeur flatteuse. Ses dimensions n'étaient pas pour rien, certainement, dans l'étonnement de l'assemblée, mais l'enchère remarquable qui ponctua l'escalade et qui fut, une fois de plus, écrasée par le droit de préemption des musées nationaux, n'était rien de moins qu'éloquente et, ma foi, assez spectaculaire.

Malgré les faits inquiétants que j'avais surpris, le succès du De Groux me remplit d'orgueil et me rendit force et confiance pour aborder la suite. Je m'évadai de la galerie, je pris un taxi pour Ostende — la vente du De Groux me donnait l'illusion momentanée de la fortune — et je me mis au lit, dans mon appartement, en me demandant si Jeanne rentrerait ce soir.

15

J'étais allongé sur ma couche.

Je me sentais au-dessus d'un vide, d'un grand trou rectangulaire aux parois d'acier mat, et sans fond. L'image était curieusement précise et l'impression étrangement réelle. Une sorte de lévitation, de suspension en position couchée au-dessus de ce vide, de cet espace sans consistance et qui n'offrait aucune sensation de contact sous ma tête, sous mon dos, sous mes jambes. Comme si mon matelas, le plancher de la mezzanine, tous les sols de l'immeuble et la terre elle-même étaient devenus transparents. Comme quand on commence un petit personnage au milieu d'une toile et qu'on n'a rien peint encore du décor qui doit lui donner un sol où poser ses pieds, en suspension dans un tableau où tout a disparu sauf lui, sauf moi, parmi le blanc d'un monde et d'un entourage effacé, ou qui ne se serait pas encore, photographiquement, révélé.

À force de me retourner dans le lit, la sensation cessa. Je me mis debout et j'ouvris la fenêtre, celle de la mezzanine, qui donne sur la mer. Elle était noire, immense, inhospitalière. Et l'air était caractéristique : une succession rythmique de calmes plats et de rafales, d'une immobilité et d'un coup de vent, d'immobilité, coup de vent, qui ne se mélangeaient pas en une brise homogène. L'air suivait comme un rythme de vagues, laissait entendre la mer, puis la couvrait, puis à nouveau le bruit de la mer, puis de nouveau le bruit du vent. Je restai là longtemps, sans penser à rien.

Une voiture s'arrêta au pied de l'immeuble et le vent découpait le bruit du moteur, qui tournait au ralenti, là en bas, devant la porte. Dans le faisceau des phares, on voyait périodiquement les tourbillons et le soulèvement du sable dans le vent.

Puis la portière passager s'ouvrit. Une personne sortit, fit le tour de la voiture par l'avant et, quand elle traversa la lumière des phares, je reconnus Jeanne. Le conducteur avait baissé sa vitre et elle échangeait encore quelques mots avec lui.

Je n'avais aucun ordre dans mes pensées et je me contentais de regarder, d'assister à la scène. Ce n'est pas possible que j'aie été jaloux, mais je me souviens cependant que ce fut avec satisfaction que je constatai que Jeanne prenait congé du conducteur en lui serrant la main, par le carreau baissé.

La voiture s'en alla, et je me recouchai sur le lit. J'entendis le claquement métallique de la porte de rue, l'appel de l'ascenseur, le cliquetis du trousseau de clés, l'imper de Jeanne abandonné sur le velours du divan, les bagues une par une sur la tablette au-dessus de l'évier, le bruissement rapide du collier sur la même tablette, les deux boucles d'oreilles, coup sur coup, la cataracte du robinet et le chant des mauvais tuyaux, le roulé-boulé des souliers à talons envoyés sans doute du bout négligent des pieds, quelques pas étouffés, un silence, la chute froissée des vêtements, le déclic d'une agrafe, le craquement de l'échelle et la secousse légère, et prolongée, lamentable, de la mezzanine. Nous ne dîmes pas un mot.

16

Le lendemain matin, je laissai Jeanne s'aller baigner seule et je réfléchis.

Je savais, et personne ne savait que je savais. Mon intérêt était donc de me taire et d'observer, d'écouter, d'interpréter. Jeanne était tout au bas de l'échelle : elle ignorait que nous savions. Le plongeon d'Émile et de Max dans la salle des ventes indiquait assez clairement qu'elle ignorait leur présence et qu'ils voulaient qu'elle continue de l'ignorer.

Le plus général et le plus constant dans nos relations à quatre semblait être, décidément, le silence et le mensonge. Et, manifestement, il n'y avait pas de raison immédiate pour que ça change.

Retour du bain, Jeanne, comme toujours à ce moment-là de bonne humeur, me demanda des nouvelles. L'enterrement, le concours. Elle s'étonnait aussi de ce que je sois revenu plus tôt que prévu. Je lui racontai ce que je pouvais, et ce que je voulais, sans aborder, bien entendu, le sujet délicat. Je lui demandai, en retour, des nouvelles de son congé. Elle me dit être montée à Amsterdam, avec un cousin, qui l'avait reconduite hier soir. L'invention du cousin montrait qu'elle se doutait que j'avais pu la voir sortir de la voiture. Et nous nous remîmes au travail.

Jeanne — elle n'avait plus de pudeur pour moi — enfila la robe de satin, et je dus l'aider à la boutonner dans le dos. Elle reprit la pose, j'achevai le peu qui restait à peindre de la robe. Avant le soir, j'en arrivai à devoir commencer les parties vivantes. Je fis d'abord la main gauche, qui se perdait dans les plis du tissu à hauteur de la cuisse. Le lendemain, je peignis la main droite, qui reposait du bout de l'index sur le bord du guéridon où le bouquet devait encore être copié. Puis je fis la gorge, le cou et l'ombre du menton. Le visage, je ne pouvais pas.

Je repoussai encore l'échéance en peignant la chevelure, superbe, et l'infime réseau noir du filet qui s'y perdait en guise moitié de coiffe, moitié de diadème, comme une touche perverse de demi-deuil, fidèle au trouble immoral que Stevens aimait à suggérer dans ses meilleurs portraits.

La situation de Jeanne dans le coin de l'atelier, éclairée de biais, et la position frontale que le cadrage du tableau m'obligeait de prendre faisaient en sorte que je ne pouvais lever les yeux au-dessus de mon modèle sans rencontrer, en haut à gauche au-dessus d'elle, suspendu au mur, mon premier tableau de copie, Nicole enceinte repassant.

Après coup, je pense que c'est cela qui m'inhibait complètement, qui m'empêchait de fixer les lèvres de Jeanne et d'en trouver la ligne exacte et la couleur, de plonger dans ses yeux pour en élucider la teinte et la lumière véritable, de méditer sur ce visage pour en pénétrer le mystère propre et donner à ma peinture cette impression de vérité qui s'empare du spectateur quand il sent que c'est le tableau, finalement, et non pas lui, qui regarde et qui pose les yeux sur lui.

Le tableau était presque fait, le bas de la robe était inachevé, ainsi que le fond, suivant le plan du projet. Mais le visage n'était encore qu'un ovale blanc.

Max téléphona. Il voulait savoir où j'en étais. Je lui dis que le travail était plus long que prévu et qu'il devait attendre. Je lui demandai s'il avait des nouvelles d'Émile, que je n'avais plus vu depuis la fameuse dispute. Il me dit que lui non plus et qu'il allait l'appeler le soir même, que c'était une bonne idée.

17

Je n'avais aucune envie de finir le travail. Il y avait quelque chose de louche.

Sans doute, il était bien possible que Max et Émile, et Jeanne aussi, me mentissent depuis le début et s'entendissent dans mon dos, et il n'y avait donc pas plus de risques pour moi d'achever ce tableau qu'il n'y en avait eu pour les tableaux précédents. Mais maintenant, je savais qu'on me tenait hors du coup, et, de le savoir, je considérais que tout était différent. Tant que je n'achevais pas le Stevens, je gardais un avantage et je restais indispensable. J'imaginais évidemment que le point pour lequel on me tenait à l'écart était la question financière et que, puisqu'on me mentait, c'était pour me rouler sur l'argent. La répartition des gains m'était certainement, et depuis le début, tout à fait défavorable. Si je devais rester sans contact avec le rabatteur, c'était probablement pour que je reste ignorant de la somme qu'il payait. Je devais être la gentille poule aux œufs d'or, le naïf qui se contente d'une bonne poignée de graines quotidienne et qui caquette de plaisir autour de ses bons maîtres.

Jeanne était-elle de mèche ? Sans doute, mais peut-être pas jusqu'au bout. Émile et Max avaient dû la lâcher en cours de route. Peut-être même qu'ils l'avaient lâchée quand elle avait commencé de se rapprocher de moi, et quand elle s'était installée. Ou peut-être était-ce parce qu'ils la lâchaient qu'elle avait voulu s'attacher à moi, ou m'attacher à elle, songeant que Max et Émile ne pouvaient pas se passer de moi et qu'elle gardait ainsi forcément une main dans les intérêts de l'affaire.

Je commençais de me représenter un énorme complot autour de moi. Je ne pouvais y croire vraiment, mais je ne pouvais pas non plus nier toute l'évidence.

Mais au fond, qu'allais-je y faire ? Ils étaient mes amis et, quoi qu'il en soit, mes seuls amis. Je n'avais qu'eux, vraiment.

À quoi bon me révolter, faire éclater la vérité, si c'était pour perdre tout, absolument tout ? Y a-t-il un ami sans défaut ? Ce qu'ils faisaient à mes dépens n'avait-il pas cependant constitué la planche de salut de toute mon existence ? Ce qu'ils me faisaient perdre ne m'avait-il pas aussi rapporté tout ce que j'avais gagné ? Ils profitaient de moi, mais n'en avais-je pas tant et tant profité ? Et n'était-il pas ridicule pour un faussaire de s'offusquer d'un mensonge qu'on lui faisait ?

Non, j'aurais été ingrat et surtout stupide de ne pas assumer qu'il y ait des mensonges en amont des mensonges que moi-même je déclenchais en aval. La société absorbait mes faux tableaux, les acheteurs, les musées, le public en jouissaient sans complexe, et je trouvais cela très bien. Si mon Claus, mon De Groux faisaient autant plaisir que des vrais, où était la perte, où était le dommage ? C'était tout bénéfice pour tout le monde. Dès lors, ne devais-je pas moi aussi absorber les mensonges de Max, d'Émile, de Jeanne, et jouir sans complexe des bénéfices qu'ils m'apportaient ? Où était le problème ?

Il ne faut pas confondre la vie et les contes de fées. L'innocence et la pureté sont des facettes, des moments dans un processus complet, des états passagers et casuels d'un système en permanente métamorphose, comme le reste, ni plus ni moins que le reste. Le vrai, c'est un point de vue, ou une réalité fortuite.

Je m'étais toujours étonné de ce qu'un tableau attribué à Jérôme Bosch cesse du jour au lendemain d'éveiller tout l'intérêt qu'il avait suscité jusqu'alors quand on découvrait, au milieu d'une déception finalement imbécile, qu'il était de la main d'un suiveur plus tardif. Si le tableau avait plu jusque-là, pourquoi s'en détourner soudain ?

Et en sens inverse : pourquoi tel tableau anonyme, dans tel musée, le jour où quelques érudits découvrent qu'il s'agit d'un Van Dyck sans signature, devient tout à coup la vedette, est déplacé dans une autre salle et mis en évidence pour l'admiration des visiteurs ?

Et la même chose pour les pierres précieuses : puisque certains diamants synthétiques sont indifférenciables d'avec les naturels, pourquoi cette dame s'offusque-t-elle le jour où le bijoutier lui apprend que sa pierre est fausse et pourquoi cesse-t-elle de la mettre à son doigt ? La beauté de la bague n'est-elle plus pareille ? A-t-elle perdu, objectivement, de son éclat et de sa splendeur ?

Le vrai, le faux, ce sont des inventions commerciales, des plus-values de marchands, des mensonges de maquignons, des arguments d'hypocrites. C'est une manière de créer des supériorités, de justifier des exclusions, d'exagérer des amours, d'exacerber des haines. Une manière de fonder le bonheur des uns sur le malheur des autres. Une raison de nier l'égalité, d'empêcher la fraternité, de miner la paix et de justifier les guerres.

18

D'avoir compris cela, je me sentis libéré de bien des angoisses et de tous mes complexes.

Je perdis mes inhibitions vis-à-vis de Jeanne. Je supportais sans peine le silence et les non-dits, avec elle, avec Max. Je n'y voyais plus d'hypocrisie, mais seulement la manière que nous avions d'être amis.

Le temps présent prit tout d'un coup d'infinies dimensions, et je ne faisais plus de différence entre les plaisirs : les beignets chinois de Jeanne, la *Valse minute* de Chopin, l'éclat de la lumière sur mes bocaux à pinceaux, le parfum du jasmin dans le fond de ma tasse de thé, le cri de la mouette sur la ville endormie, la robe du sauternes, le tintement du cristal, mon reflet inversé dans le robinet chromé, les jeux d'ombre et de lumière animés sur le plafond par les phares des voitures au travers des stores, ou la caresse féline du peigne le matin à la racine de mes cheveux.

Je n'étais plus pressé de rien. Je n'avais plus de mauvais souvenirs.

J'appris par le journal que ma mère était morte à son tour, et je n'eus pas de difficultés à rester au lit avec Jeanne le matin où, à Sainte-Croix, on devait l'enterrer comme on enterra mon père.

Je n'avais plus peur de compléter le portrait de Jeanne. Mais j'avais de la paresse. J'avais envie de vacances, de profiter du temps. Et le tableau traînait dans un coin, avec son ovale blanc, sans que je m'en inquiète le moins du monde. Je mentais à Max, j'inventais des raisons pour le retard et je me laissais aller avec Jeanne.

Elle fit même en sorte que je la demande en mariage. Et en trois semaines, sans tambour ni trompette, à l'hôtel de ville d'Ostende, ce fut fait.

Nous n'étions pas avares avec le bonheur, et le bonheur n'était pas avare avec nous.

19

Mais aussi vrai que le bonheur n'est pas avare, le malheur n'est pas économe non plus. Il n'épargne rien.

Le soir même de nos noces, que nous avions fêtées en tête à tête dans un magnifique restaurant de Gand, sur les quais, le vent s'était levé, avec des bourrasques inattendues qui arrachaient les feuilles aux arbres, faisaient danser les coques du canal et grincer les câbles.

Au retour, le vent donnait de grands coups sur les flancs de la voiture et la route était difficile à tenir. Dans les rues d'Ostende, le sable chassait brutalement, jusqu'au-dessus des maisons. On le voyait griffer le halo des réverbères, comme de la pluie.

Je voulus aller voir la mer depuis la digue — j'aimais beaucoup la tempête. Jeanne trouvait l'idée dangereuse, mais je pus lui dire pour la première fois de ma vie qu'une femme doit suivre son mari. Le spectacle était grandiose.

Une grande lune frappait la crête des vagues et l'obscurité rugissante de la mer assaillait la digue et la submergeait d'écume. Il y avait deux ou trois fous comme nous pour braver l'interdit et admirer le tumulte, et nous nous faisions signe de loin, dans le fracas de la tourmente, comme d'héroïques naufragés.

Nous rentrâmes à l'appartement en luttant contre le vent, comme un navire contre les flots. Dans l'ascenseur, Jeanne évoqua la possibilité que le vent ait emporté la verrière et que l'atelier soit dévasté. Je la rassurai, mais le danger me semblait certain et je ne fus pas peu soulagé de découvrir, en poussant la porte, qu'il n'en était rien. Les hurlements rauques de la tempête étaient assourdissants et l'appartement résonnait. Jeanne ne pouvait pas se coucher.

J'allumai la télévision, mais l'émission était perturbée, et les images, soudain, disparurent. L'antenne de retransmission avait dû tomber. La radio ne donnait plus rien non plus.

Il fallut attendre 5 heures du matin pour que le vent retombe et qu'il soit possible de dormir.

Ce fut le téléphone qui nous éveilla. Il était midi passé. Isabelle pleurait à l'autre bout de la ligne. Le toit de la maison, avenue Brugmann, s'était envolé, il s'était écrasé dans la rue en causant d'innombrables dégâts aux voitures. Heureusement, il n'y avait pas mort d'homme, pas de blessé, rien.

Je lui proposai directement de l'héberger ici, à Ostende, mais Abraham Kahn le lui avait déjà proposé et elle préférait rester à Bruxelles, pour ne pas devoir annuler ses leçons.

J'étais soucieux. Certainement, la maison était assurée, mais je n'avais aucune confiance dans ces contrats poreux et je savais que, quoi qu'il en soit, ça coûterait cher.

Depuis quelque temps, j'avais vécu plutôt cigale que fourmi, et il devenait urgent de trouver de l'argent. Pour la banque et pour l'État, j'étais resté indépendant et je gagnais toujours modestement ma vie, irrégulièrement, en cours de dessin. Max me payait en liquide. Je mettais sur le compte des quantités crédibles et échelonnées, et je dépensais le reste en plaisirs sans trace : restaurants, disques, fournitures.

Je pensais qu'il serait jouable de demander de l'aide au banquier, mais Jeanne s'y opposa formellement, trouvant que c'était la plus sûre manière de nous perdre tous.

La première chose à faire, en tout cas, était de terminer le Stevens et d'espérer que le rabatteur paie sans délai. Max, quant à lui, ne pouvait pas me faire d'avance. J'appelai Émile aussi, qui n'était plus fâché comme avant mais qui, malgré tout, gardait ses distances, et ne pouvait pas non plus m'aider. Jeanne reprit donc la pose, et moi le pinceau.

Ni la paresse ni l'urgence n'avaient rendu plus

facile l'exécution de ce visage. Cela ne m'inspirait plus d'angoisse morale, existentielle ou superstitieuse, mais la difficulté de reproduire aussi justement que je le voulais des traits vivants et mutables excédait, sinon mes capacités techniques, du moins le champ de mes habitudes et l'étendue de mon expérience. Et je me trouvais lent, beaucoup trop lent.

Après quelques jours, je n'en étais qu'aux traits généraux, et je n'étais satisfait encore que de la couleur des joues. Au point que Jeanne, maintenant qu'elle était indispensable, se lassait de poser.

20

Un matin, après une heure de travail à peine, Jeanne se leva, elle me dit qu'elle avait besoin de prendre l'air, de sortir, de se changer les idées et qu'elle reviendrait le lendemain soir.

Décision brusque, instantanée, instinctive, qui me laissa sans voix, et elle disparut sans même faire de valise. Je demeurai mélancoliquement inactif toute la journée, et je repassai avec inquiétude le dossier d'assurance qu'Isabelle m'avait fait parvenir.

Coïncidence ou non, c'est ce jour-là que ça devait arriver. C'était la fin de l'après-midi, j'étais en inerte contemplation devant ce tableau que je ne pouvais continuer en l'absence de ma femme, quand on sonna. Par l'interphone, une voix d'homme demandait à me voir. J'ouvris et je l'attendis sur le seuil de l'appartement. Je n'avais pas l'intention de faire entrer un inconnu. Jamais un inconnu n'avait franchi la porte et pénétré dans l'atelier. C'était une mesure élémentaire de prudence. L'ascenseur s'ouvrit et le type apparut. Je ne le connaissais pas. Lui non plus, d'ailleurs, et la première chose qu'il fit fut de me demander : « Sylvain Crêtes ? — Soi-même », lui répondis-je.

Il resta devant moi, sur le palier, sans rien dire et avec un léger sourire. Son œil filait vers l'intérieur, dont je bouchais l'entrée. Il avait une apparence quelconque et plutôt désagréable. Il était ventripotent dans un polo de maille noir, sur lequel il portait un veston ouvert, en laine, et de couleur indéfinissable. Il n'avait pas l'air frais, mais il sentait la cocotte, ou l'after-shave. Il était rasé de près. Il avait des petites rougeurs, comme des boutons, sur la joue, près du grand nez plié net comme une feuille de papier, et des dents trop petites et trop espacées dans son sourire.

Quand je me rendis compte qu'il avait les cheveux poivre et sel, et que son moche veston tombait de travers sur ses épaules, j'eus le souvenir fulgurant du voisin de chaise de Jeanne à la salle des ventes, et je n'eus pas le temps de penser que ce n'était certainement pas un autre qui l'avait reconduite en voiture, ce soir-là, et qui lui avait serré la main par la fenêtre, que déjà et soudain le type me bouscula contre la porte d'un coup d'épaule et s'engouffra en courant dans l'atelier. Je le poursuivis et m'arrêtai à deux pas de lui. Il se tenait immobile et souriant. Puisque je n'avais pas pu l'empêcher d'entrer, je comptais l'empêcher de sortir et je me mis de façon à lui couper la retraite. Mais il ne semblait pas vouloir sortir. Il promenait ses regards autour de lui puis, toujours dans son sourire, il montra du doigt le portrait inachevé appuyé au mur et dit : « Le voilà, le Stevens pour lequel j'ai payé à Max un à-valoir. » Il me regardait droit dans les yeux, mais avec bonhomie, et je compris.

Je fis volte-face, j'allai fermer la porte et il me lança : « Je suis un grand, un fervent admirateur de votre œuvre, cher Monsieur. » Je revenais vers lui. Il visait du doigt le tableau de Nicole enceinte : « Rik Wouters ?

— Non, un suiveur.

— Permettez-moi de me présenter. Mathias Carré. Nous travaillons ensemble depuis longtemps, sans nous connaître. Et excusez mon entrée fracassante, mais je voulais être sûr de ne pas m'être trompé de personne.

— Et si vous vous étiez trompé, comment croyez-vous que vous seriez sorti ?

— J'ai l'habitude de ne pas avoir peur de ces situations-là. Mon père était huissier. Certaines choses passent par le sang.

— En quoi puis-je vous être utile ? Asseyez-vous, je peux vous offrir à boire ?

— Quelque chose de fort, je vous prie.

— Scotch ?

— Parfait. Excusez-moi si je vais droit au but,

mais ces choses-là ne doivent pas traîner. J'ai une proposition à vous faire.

— Je vous écoute.

— Vous avez un talent absolument unique pour la contrefaçon. Aucun expert n'a jamais pu douter de vos faux, et vos copies légales, que je connais bien, donnent des frissons à n'importe quel connaisseur. Vous travaillez pour nous depuis quelque temps par l'intermédiaire de Max et — j'ai fait mon enquête — de deux autres personnes. C'est très bien, mais ça fait beaucoup d'intermédiaires. Beaucoup de temps et d'argent perdus. Beaucoup de risques, beaucoup de soudures, et trop de fuites possibles. Je vous propose un travail à un seul intermédiaire — moi — entre mon employeur et vous.

— Continuez.

— Mon employeur est un homme de goût. Il possède une vaste collection de peintures anciennes et modernes. Mon employeur est un homme d'argent. Cette collection lui coûte une fortune en assurances. Il voudrait la rentabiliser. Mon employeur est aussi un philanthrope et un démocrate. Il voudrait faire bénéficier le grand public de tant de chefs-d'œuvre. Mon employeur, enfin, est un homme intelligent, et il a imaginé une manière de tout résoudre d'un seul coup.

— Votre employeur, c'est Ernst Jacher ?

— L'idée de mon employeur est la suivante. Ouvrir sa galerie aux visiteurs, en faire un musée. Mais le droit d'entrée, vous le savez bien, est tout à fait insuffisant pour rentabiliser une collection prestigieuse — mon employeur n'est pas exactement un collectionneur de capsules ou de bagues de cigares. D'autant que la prime d'assurance d'un tableau exposé à la folie d'un touriste dégénéré qui se lancerait dessus à coups de canif ou de marqueur indélébile n'est pas la même que celle d'un tableau conservé dans un coffre en Suisse. D'accord avec son assureur, un homme sûr, mon employeur se propose d'exposer dans son musée des copies aussi magnifiques que celles que vous feriez de ses œuvres. Non seulement pour protéger les pièces uniques des actes démentiels et de l'usure de la lumière, mais aussi pour monter une superbe fraude à l'assurance qui, elle, pour le coup, rentabiliserait efficacement la collection et permettrait même son opportun accroissement. Vous me suivez ?

— Je vous précède. Votre employeur ne pense pas prévenir le monde que son musée sera tout entier de copies, je présume.

— Sans blague !

— Il assurera donc des faux qui ne valent rien…

— N'exagérons pas. Disons : qui valent nettement moins.

— … Il assurera donc des faux qui valent nettement moins, pour une prime officiellement calculée sur la valeur des originaux mais officieusement payée selon la valeur modique des copies.

— Vous y êtes. En fait, mon employeur paie la prime complète, et l'assureur lui retourne la différence sous la table.

— Et pour que ça ne se voie pas ?

— Ils savent y faire, ne vous en faites pas pour eux. Mais cela dépasse déjà ce qui nous concerne, nous, tout concrètement. Je viendrais donc chez vous avec un tableau et, quelque temps plus tard, je repasserais et je m'en irais avec deux paquets sous le bras, tout identiques. Vous me demanderez tout le matériel et toutes les fournitures dont vous pourriez avoir besoin pour que le travail soit parfait, car il doit être parfait, même les choses les plus rares, et je vous les fournirai. C'est mon métier de dénicher l'indénichable. Vous, par exemple. Et je vous le dis sans flatterie, vous êtes la chose la plus rare que je m'enorgueillisse d'avoir découverte. Vous êtes un génie. Vous acceptez ma proposition ?

— Oui.

— Non seulement vous êtes un génie, cher Monsieur, mais vous avez la qualité la plus rare en ce bas monde : vous êtes fidèle et de confiance. J'ai eu l'occasion de l'apprécier au fil de ces années. J'ai répondu de vous auprès de mon employeur, ce qui n'est pas rien, puisque mon employeur est un homme sans compromis, qui ne tolère pas les erreurs. Ni les écarts. Il sait s'entourer de gens efficaces. Je suis sûr que vous me comprenez. Et avant que je m'en aille, permettez-moi d'abuser encore de votre précieux temps en vous réglant d'ores et déjà une petite avance qui, je crois, devrait suffire à couvrir ces menus frais dont je me suis laissé dire qu'une tempête vous les avait occasionnés, avenue Brugmann. »

Et il mit sur la table une enveloppe où je trouvai la somme exacte de ce que l'assureur avait donné comme évaluation des dégâts matériels. Il m'expliqua encore deux ou trois détails pratiques, concernant les paiements, en liquide, concernant le format des tableaux, aussi, et mon époque et ma région de prédilection — dont il savait bien lesquelles elles étaient et qu'il se permettait d'ailleurs d'élargir un peu — de sorte que la première commande serait facile, un Magritte — rien de plus facile à contrefaire qu'un Magritte —, que suivrait un Delvaux — un peu plus compliqué.

J'appris aussi que j'entrais en quelque sorte dans une équipe, puisque d'autres copistes — où je n'eus pas de mal à reconnaître ce Japonais et ce Portugais qui à l'époque déjà me faisaient concurrence — étaient chargés d'autres secteurs de la collection.

Le rabatteur prit congé, sans me serrer la main, en m'adressant un regard et un mot dont la connivence me rappelait les graves menaces qu'il m'avait laissé entendre.

21

J'avais accepté d'un coup, poussé et convaincu par l'évidence des événements et par la conscience que je commençais d'avoir de ce que devait être mon destin.

Malgré tout, je m'étais mis un sacré poids sur les épaules. Je doublais mes associés, je fraudais mes amis, qui devaient rester exclus de tout cela. J'anéantissais aussi leur source de revenus, puisqu'il était hautement probable, bien qu'on n'ait pas abordé le sujet, que Mathias Carré cesserait ses commandes de forgeries auprès de Max.

La bouteille de scotch restait sur la table, à côté du siège où le rabatteur avait tenu son discours. Et je la bus, gorgée après gorgée, jusqu'au bout.

Complètement ivre, je ne raisonnais plus juste. Je m'exhortai — j'avais donc peur, sans doute — à haute voix. Je me disais que, pour aller de l'avant, j'allais de l'avant ; que pour foncer, je fonçais. J'ôtai mon pull et, brutalement, ma chemise, je pris une toile vierge, des couleurs sans mélange, ma brosse la plus grossière et, torse nu, je me mis à peindre comme un enragé.

Je fis ainsi cinq toiles, où je voulais qu'aux traits rapides et violents de la brosse on sente l'énergie brutale du geste qui les avait tracés, le désespoir et l'ambition, et l'éternelle jeunesse du bras vigoureux qui était le mien. Je ne voulais pas que ces traits forment une figure, je ne voulais pas que cette couleur sauvagement étalée représente quoi que ce soit, pour qu'on ne soit distrait par rien et qu'on ne puisse pas voir, dans ce griffonnage dément, autre chose que le peintre qui l'avait fait, la rage et l'énergie de la personne et le moment unique, réel, présent et, grâce à l'œuvre, durable, de ma vie. De moi.

La première des toiles était rouge. La deuxième, je la fis en bleu. La troisième, en jaune. La quatrième, en noir. La cinquième, en blanc, sur la toile blanche, où l'épaisseur surtout de la matière créait le contraste et la visibilité. J'avais fait tout cela vite, très vite, avec le sentiment urgent de rattraper et concentrer tout le temps perdu, passé et à venir, à reproduire l'expression authentique d'autres *moi* qui n'étaient pas moi et qui ne se seraient jamais abaissés à contrefaire mes toiles à moi.

J'ouvris toutes les fenêtres que je pouvais, je mis la *Neuvième Symphonie* à tout volume. Je chassais brutalement toutes les tentatives de cette fatigue qui m'assaillait, je criais de temps en temps pour m'encourager, je sautais comme un Sioux, je me frappais le torse, je tournais sur moi-même, je cherchais quelque chose d'autre à boire, puisque le scotch était fini, et je trouvai la bouteille de saké que Jeanne utilisait pour sa cuisine asiatique, je la bus, gorgée après gorgée, jusqu'au bout, je voulais peindre encore et, comme je n'avais plus rien de vierge, je pris mes tableaux de fleurs et mes vues de mer et je les surchargeai de couleurs saturées, j'étais ivre mort, je prenais de la couleur en bouche et je la crachais sur la toile, je pris de l'eau pour me rincer, je la crachai aussi. Mais ma bouche n'était pas rincée, je m'étouffais avec cette odeur et ce goût chimique de l'acrylique, je bus, je bus, je bus, des litres d'eau, certain de m'être empoisonné, je continuais mon délire de sauts, de danse, je remettais Beethoven, je m'enduisais de toutes les couleurs qui me restaient et je me jetais contre les murs pour imprimer ma silhouette partout et sur le sol de béton.

22

Ce fut Jeanne qui me réveilla, le lendemain. L'épouvantable désordre avait été rangé, à peu près et dans la mesure du possible.

Elle me dit être rentrée au milieu de la nuit, m'avoir trouvé endormi sur le sol, tout enduit de peinture et ronflant comme un porc. Le matin, elle avait pris son bain de mer, puis elle avait mis l'ordre qu'elle avait pu, en m'enjambant plusieurs fois sans que j'ouvre un œil.

Je reprenais conscience, progressivement, et je m'apprêtais à connaître dans son regard la pire humiliation de ma vie. Mais elle me regardait avec douceur, ou plutôt avec une normalité qui, dans la situation, me faisait l'effet de la plus généreuse miséricorde.

Je voulus parler, mais c'est à peine si un son sortait de ma gorge. Jamais je n'avais perdu la voix à ce point. J'étais presque muet. La gorge, d'ailleurs, me faisait atrocement mal, et la respiration provoquait comme un trou douloureux dans la poitrine. J'avais la bouche absolument desséchée et je demandai, sans voix et pitoyable, avec des gestes, un verre d'eau. La déglutition aussi me faisait souffrir horriblement.

Oppressé, sans souffle possible, je me déplaçai jusqu'à la douche. Mon image dans le miroir était invraisemblable : mes cheveux, pleins de peinture, ressemblaient peut-être à certaines coiffures excentriques et tolérables, mais mon visage, mon torse, mes bras, rouge, bleu, jaune, noir, blanc, sans un centimètre de peau naturelle, hormis les plis de mes paumes de main, c'était un carnaval grotesque, avec le détail monstrueux de la langue et des dents. L'eau de la douche ne fit à peu près rien pour arranger les choses, éveillant seulement une insupportable migraine et des crampes d'estomac comme je n'en avais jamais eues.

Je sortis de la douche, Jeanne me passa la serviette en riant de mes jambes, que le pantalon avait préservées et qui présentaient là une apparence étrangement normale. Et elle ajouta dans un sourire : « Qu'est-ce que tu nous as fait, on ne peut plus te laisser seul ? »

Je ne pouvais pas m'expliquer. Je m'assis dans un fauteuil, grimaçant sous la pointe des crampes, de la respiration, de la déglutition et de la migraine.

Jeanne me soigna toute l'après-midi. Elle parvint à me nettoyer presque tout à fait — sauf les dents, qui avaient dû absorber, par porosité, et qui gardaient et gardent encore aujourd'hui comme une ombre. Jeanne ne s'en faisait pas, elle me disait que j'aurais simplement des dents comme on en avait au Moyen Âge. Elle me fit inhaler toutes sortes de thés aux herbes, d'infusions de menthe, sauge, jasmin, tilleul, une serviette sur la tête et penché sur la casserole fumante de vapeurs. Elle me fit boire du lait, tant et plus, que je vomissais, et elle trouvait cela très bien, puisque ça me nettoyait.

En fin de soirée, je me sentais un peu mieux — dans la mesure du possible, toujours —, et nous pûmes parler un peu. Jeanne parlait, et je répondais comme je pouvais. Elle trouvait que mes silhouettes, mes mains et toutes les taches dont on n'identifiait pas toujours la forme humaine qui les avait imprimées (un bras, un dos) sur les murs et sur le sol avaient quelque chose d'absolument génial, et que j'avais transformé mon atelier en œuvre d'art. Elle disait qu'elle n'était pas certaine que Michel-Ange, s'il avait vécu à la fin du XXe siècle, aurait décoré autrement la chapelle Sixtine, et nous avons ri.

Je commençais d'avoir faim, et elle me fit une purée de brocolis-carottes que je pus ingérer, petite cuiller après petite cuiller, et qui me fit me rendre compte que j'avais pratiquement perdu le sens du goût.

J'aperçus quelque chose qui m'avait jusque-là échappé. Je lui indiquai du doigt le tableau de Nicole et surtout le Stevens, qui avaient l'un et l'autre subi la folie de mes projections de la veille et qui étaient fatalement maculés de grosses éclaboussures d'acrylique. Jeanne me jeta un regard ironique en disant : « C'est un signe, non ? »

Puis elle m'assit dans un fauteuil et prit plaisir à installer sur les chevalets les cinq tableaux que j'avais peints la veille, dans les deux tons et les trois couleurs primaires. Elle s'assit à côté de moi, en silence.

Après de longues minutes de contemplation — moi, personnellement, mes tableaux ne me disaient plus grand-chose —, elle dit : « Tu crois que tu as jamais fait quelque chose d'égal auparavant ? »

Je ne savais pas ce qu'elle voulait signifier, si elle se moquait ou non, et je profitais de mon aphonie pour ne pas réagir.

Elle ne se moquait pas. Elle les trouvait, un par un, superbes, agressifs, équilibrés, pleins d'énergie, et la série qu'ils constituaient lui paraissait ajouter la dimension à la fois de cohérence et d'expansion potentiellement infinie qui était le propre, selon elle, d'un chef-d'œuvre. Il fallait les présenter à un galeriste, absolument.

Je ne répondais pas. Simplement parce que je ne me faisais plus d'illusions. Il se pouvait que ces tableaux de création, pour la première fois de mon existence, soient de bons tableaux. Mais je n'avais pas pour autant l'envie d'en recevoir une quelconque gloire. On m'avait toujours tout refusé. Je n'avais plus l'intention de me remettre dans cette position humiliante du peintre qui sollicite l'opinion des marchands et qui leur demande debout mais intérieurement à genoux la reconnaissance de son mérite. Je n'avais plus l'âge d'attendre ça. Et je sentais aussi, secrètement, que je ne me remettrais pas d'un nouvel échec.

L'art, le Grand Art, ne m'avait jamais accueilli, et j'avais trouvé ma place en me faisant l'agent secret, l'espion, le traître qui, de l'extérieur, intervient et commande son centre intime. Je n'étais pas un artiste, mais on admirait mes œuvres sous le nom de Claus et de De Groux. Et bientôt, des visiteurs du monde entier m'admireraient sans le savoir derrière le nom de Magritte, de Delvaux, et de tant d'autres.

Tel était mon destin. Une sorte de Masque de fer, un Triste Sire, un négligé, un homme du secret. Au fond, je ne ressemblais à personne plus qu'à Dieu. À ce Dieu dont les œuvres sont attribuées par le grand commerce de l'esprit — je veux dire : la science — à d'autres facteurs que lui. J'étais comme la Providence, et certains ne m'attribuaient rien — au fond, les plus naïfs —, et certains m'attribuaient tout — les plus sceptiques, ceux qui soupçonnent toujours le faux et qui ne voient rien sans renifler l'arnaque, la manipulation et le complot.

Je commençais à me sentir à ma place, à ne plus vouloir changer, à ne plus rien attendre, à ne plus rien espérer. Je ne me sentais plus dépendant — à quoi bon dépendre ? —, je ne voulais rien devoir à personne. D'ailleurs, que devais-je à quiconque ? Tous ceux qui m'avaient donné ne s'étaient-ils pas servis par la même occasion ?

Ces pensées m'aidaient à supporter la perspective préoccupante où je m'étais mis et les problèmes qu'il faudrait résoudre vis-à-vis de Max, vis-à-vis d'Émile — avec Jeanne, je savais qu'il n'y en aurait plus —, cette rupture devenue inévitable et les risques de leur vengeance.

Je me réjouissais donc de toute cette indifférence qui m'habitait comme une force maintenant nécessaire et bienvenue, et qui se révélait à moi dans cette froideur de mon cœur, quand Jeanne s'enthousiasmait pour mes cinq tableaux.

Grimper l'échelle de la mezzanine s'avéra impossible pour moi. Je n'étais pas encore en état. Je désirais pourtant voir la mer, par la fenêtre, mais il fallut se résigner. Et Jeanne me borda dans le divan.

Elle monta, elle, et, tandis qu'on faisait silence déjà depuis une demi-heure, sa voix me parvint de là-haut, hors de mon champ de vision. Elle me demanda, sans préambule :

« Au fait, mon cœur, tu as accepté ? »

J'imaginai bien des choses, et je répondis que oui. Sans plus. Et chacun de notre côté, nous nous endormîmes.

23

Jeanne était donc du même bord.

Pourquoi donc le rabatteur ne l'avait-il pas précisé ? Me prenait-il pour un idiot quand il insistait sur le fait qu'il n'y aurait aucun intermédiaire à part lui, pas de soudures, pas de fuites ?

Je ne voulus pas poser la question à Jeanne. Je trouvai tout seul une réponse qui me satisfaisait, et qui devait certainement être la bonne et la seule possible : s'il n'avait rien dit, c'était pour le cas où je refuserais, de sorte que Jeanne ne soit pas compromise à mes yeux. C'était une façon de protéger notre relation, et j'en déduisais que ç'avait dû être une condition imposée au rabatteur par Jeanne elle-même. Peut-être l'autre jour, à la vente ; peut-être en sortant de la voiture, quand ils s'étaient serré la main.

La série de mes cinq tableaux fut bien mise à profit, suivant l'intuition de Jeanne. Non pas qu'un galeriste se soit montré sincèrement intéressé, mais le rabatteur me les fit acheter fort cher par un collègue, je devrais dire un complice, comme façon de me payer les premières copies que je ne pouvais évidemment pas lui facturer. Et je me disais que j'avais toute ma vie tourné dans une mécanique trop parfaitement huilée.

Mathias Carré m'aida grandement, sans qu'il le sache, et Max m'appela un jour, d'une voix amère aux accents coléreux, pour m'avertir de ce que le rabatteur nous avait lâchés, que notre affaire ne l'intéressait plus, qu'il n'avait donné aucune raison et que je pouvais laisser tomber ce Stevens de merde.

Il m'accusait, à demi-mot, considérant que ma lenteur, sur ce dernier tableau, avait dû poser problème et que le rabatteur avait probablement cherché ailleurs quelqu'un de plus rapide. Il trouvait que j'avais pris les choses de haut, que je m'étais accordé des délais capricieux de grande vedette, qu'il ne fallait pas oublier que je n'étais un bon copiste que parce que j'étais d'abord un peintre raté, que les peintres ratés couraient les rues et qu'il fallait bien se douter qu'en oubliant ça, la chance allait nous passer sous le nez.

Il ne dit pas tout cela aussi positivement, mais il fallait être sourd pour ne pas entendre.

Je ne répondis presque rien à Max, au téléphone, pour la raison que tout cela m'arrangeait parfaitement, mais aussi parce que je n'avais pas récupéré ma voix. L'acrylique avait dû endommager très sérieusement les cordes vocales.

Je n'eus pas à parler beaucoup plus avec Émile, puisqu'il se contenta de m'adresser une lettre anonyme typographiée — qui était pour moi à ce point identifiable qu'elle n'était anonyme, évidemment, que pour les éventuels yeux de la justice — où les sous-entendus de Max passaient à l'injure ouverte et déclamatoire.

Ni Max ni Émile, cependant, ne me menaçaient d'aucune délation. Nous avions toujours soigneusement évité les traces qui nous lieraient, mais nous savions tous qu'il ne fallait pas tenter le diable, et que la chute de l'un entraînerait sans doute, malgré les précautions, celle des autres.

24

Ma carrière prit soudain, et sur le tard, un autre tour.

Je fis le Magritte, je fis le Delvaux, puis je fis un Dalí, puis un Gris.

Mes cinq tableaux originaux avaient donc été achetés pour rémunérer mes copies. Mathias me pria d'en peindre d'autres, à ma guise, pour continuer de me payer par ce biais, qu'il trouvait très commode.

Le complice qui m'achetait ça était un fin renard. C'était un galeriste d'Anvers. Il jouissait d'une bonne visibilité sur le marché et d'un renom très respectable. De sorte qu'il parvint à revendre mes tableaux en faisant d'importants bénéfices. Je devins coté, bien coté, sur le marché de l'art. On savait qu'il payait cher pour mes tableaux. Ça devait donner confiance dans le milieu, qui les trouvait soudain de très bonne qualité. Je sortis de l'anonymat, et mes créations, exécutées vite fait bien fait, en état d'excitation artificielle, souvent, et toujours brutalement — c'était ma seule manière de donner de la voix, de crier, depuis que mon aphonie était sans espoir —, eurent l'honneur de plusieurs expositions internationales dans des galeries célèbres.

Mais j'étais toujours aussi indifférent, définitivement indifférent. Je ne me pris pas au sérieux. L'ironie grotesque de la situation me faisait sourire, et j'insistais pour que Jeanne non plus ne se prenne pas au jeu. Ce n'était pas ma valeur propre qui tout à coup éclatait au grand jour, c'était le ridicule du monde. Il ne fallait pas l'oublier.

Je donnais de temps en temps des interviews pour des revues spécialisées ; on me filma pour un reportage culturel qui passait fort tard à la télévision, et Max et Émile, avec qui je n'avais plus la moindre relation, ne purent pas ne pas entendre parler de moi. J'eus même le contentement de remarquer qu'ils participaient de l'illusion générale et qu'ils étaient tourmentés d'envie, et d'une irrésistible admiration.

Je pus le savourer, un jour que j'étais dans une galerie à signer des catalogues : je les vis, qui visitaient d'un œil mauvais, et j'allai vers eux, je les embrassai, et je vis avec répugnance l'humiliante fierté qu'ils montraient d'être embrassés par cet aphone lamentablement célèbre et d'être pris par le monde alentour pour des intimes d'un artiste important. Ces sourires qu'ils faisaient et qu'ils ne pouvaient retenir, ces poignées de main, ce sont les souvenirs les plus crapuleux qui me restent.

25

Le jeu alla si loin qu'Ernst Jacher — car c'était de lui qu'il s'agissait — prit un malin plaisir à acquérir, fort cher, plusieurs de mes créations, et à les intégrer à ses collections.

Mais plus rien ne m'amusait. Plus rien ne me faisait un plaisir sincère et durable.

Surtout depuis le jour amer où j'appris qu'Isabelle, à qui j'avais proposé déjà de rencontrer des gens utiles pour sa carrière — des gens que je connaissais grâce à ma nouvelle position — et qui refusait systématiquement de suivre mes conseils, le jour donc où j'appris qu'Isabelle, fille d'un père désormais célèbre, avait décidé, par fierté toujours et par intuition sans doute, de continuer ses lamentables efforts professionnels sous un nom d'artiste, qui supprimait la possibilité qu'on fasse le rapport, dans les milieux, entre elle et moi. Je ne comprenais pas. Ou j'avais peur de comprendre qu'elle comprenait trop bien.

Tout cela n'était plus, pour moi, qu'amertume, amertume, amertume.

Je vivais à nouveau comme un moine. Et j'y étais d'ailleurs contraint par cette migraine qui ne me quittait jamais, par cette aphonie qui faisait de moi presque un muet et qui m'isolait très sûrement, et par cette incapacité physique à goûter quoi que ce soit des plats que Jeanne continuait de me cuisiner, meilleurs qu'au restaurant, et qui restaient désespérément insipides pour mon palais ravagé.

Oui, je vivais comme un moine. Et ma seule satisfaction était de voir Jeanne, riche comme jamais, brûler la vie par les deux bouts, voyageant par le monde et dans le luxe, superbement vêtue, superbement soignée, superbement entourée, et superbement simple et patiente avec moi, acceptant sans rien dire que je ne déménage pas, que je demeure dans l'inconfort d'Ostende, et n'éprouvant aucune difficulté à y vivre avec moi quand elle ne voyageait pas.

Je travaillais. Je travaillais sans cesse. J'aurais pu, peut-être, abandonner la copie. J'étais lancé sur le marché de l'art et, si le complice en question devait ne plus acheter mes œuvres, en punition pour la rupture du contrat, je n'aurais pas eu de mal à me les faire acheter ailleurs.

Mais je n'abandonnai pas la copie.

Le risque que le rabatteur me dénonce ou qu'il détruise mon nom aussi facilement qu'il me l'avait construit n'était pas ce qui me décidait à continuer. Non.

C'était l'obscure force de mon destin véritable. J'étais fatigué de mes propres créations, et je les réalisais maintenant tout à fait sans soin, sans pudeur dans l'insolence de mon n'importe quoi. Elles me fatiguaient bien plus que mon travail de copiste, où je trouvais au fond la seule motivation qui me restait. Mathias Carré était ravi. Je travaillais vite, et la perfection de mes copies continuait à le faire — ce sont ses mots — frissonner d'horreur.

26

Ernst Jacher possédait quatre très beaux tableaux de James Ensor. Le moment était venu de les copier.

Je connus une exaltation profonde à refaire le premier tableau, dans cette même ville d'Ostende où Ensor l'avait créé pour la première fois, dans cette même lumière, à cent mètres à peine à vol d'oiseau.

C'était *Le Ballet de masques.*

C'est alors que j'eus pleinement et triomphalement l'idée, l'idée de toutes les idées, qui avait mis tant d'années à mûrir, à s'épanouir, à s'imposer enfin, enfin réalisable, enfin nécessaire et inéluctable.

Elle m'avait traversé l'esprit pour la toute première fois quand je copiai le demi Rik Wouters, Nicole enceinte repassant. Mais la différence de format l'évinça, et je l'oubliai.

Tout le reste du temps, elle dut croupir dans le limon de ma conscience, dans la vase de ma mémoire, se former, se fortifier, diriger ma vie petit à petit, et la conduire, impulsion après impulsion, jusqu'au bout, jusqu'à la grande rencontre, qui avait lieu maintenant, dans toute la lumière d'Ostende et de l'évidence.

J'amenai ma copie du *Ballet de masques* au plus haut degré de perfection. Non pas seulement la peinture, mais le tableau tout entier, conçu comme un objet. C'est-à-dire que je reproduisis l'objet à l'identique, jusqu'au détail de l'armature et du châssis de bois où la toile était tendue. Jusqu'aux clous qui l'y fixaient. Jusqu'à l'infime galerie qu'un ver avait dû, un jour lointain, ronger dans le bois. Jusqu'au *J* griffé sur ce même bois, recouvert par le bord de la toile et qu'on avait sans doute gravé là tout légèrement en prévention de ce que je m'apprêtais à faire et que je fis en effet. Ma copie de l'original était faite et parfaite.

Et je copiai ma copie. Je pris soin de ne pas reporter sur la seconde copie le *J* gravé, de sorte que cette différence donnait à penser, à l'œil le plus averti, qu'il y avait bien là un original et une copie.

L'original, le véritable original, je le détruisis. Je découpai la toile en de tout petits morceaux d'un centimètre à peine et je les jetai, petits paquets après petits paquets, dans les poubelles publiques de la ville d'Ostende.

J'avais dès lors, dans mon atelier, deux *Ballet de masques* identiques, dont l'original n'existait plus. La gratuité de mon geste ajoutait à mon génie. J'avais mon destin, j'avais ma vengeance. Le seul, l'unique et l'ultime auteur de ce tableau d'Ensor, c'était définitivement et pour la postérité, moi.

Jeanne passa un de ces soirs-là à l'atelier, elle vit les deux tableaux et trouva, comme d'habitude, que la copie était excellente. Je ne lui dis rien. Elle me proposa de l'accompagner à Bruxelles, où elle avait un dîner avec du beau monde et un acteur de théâtre que je soupçonnais sans haine ni rancœur d'être mon remplaçant pour certaines tâches qui ne me réussissaient plus. Naturellement, je la laissai aller seule.

J'eus le sentiment d'avoir trouvé ma place dans la grande Histoire de la Peinture. L'artiste ultime, dont la création est destruction. Le génie qui anéantit et fait proliférer.

J'avais tué le concept excluant et exclusif de l'œuvre d'art et, en considérant objectivement l'œuvre comme un objet, je libérais le monde du complexe qui l'oppresse depuis toujours : vouloir être seul dans un monde peuplé d'autres ; vouloir être unique dans un monde peuplé de semblables.

Les conséquences théoriques et philosophiques de mon acte me semblaient aussi révolutionnaires que celles de la Renaissance. Et je songeais que je faisais à mon tour entrer la civilisation dans une époque nouvelle. Comme Beethoven, à propos de ses dernières compositions, je me disais : ils comprendront plus tard.

Épilogue

Après cela, cher Maître, je ne crois pas que je puisse ajouter quoi que ce soit que le dossier d'instruction n'ait déjà mis au grand jour et donné en pâture à la méchanceté publique.

Mathias Carré ne surprit pas mon manège, et je pus réitérer mon exploit sur le deuxième tableau d'Ensor qu'il me transmit. Et sur le troisième. Et sur le quatrième.

Je n'eus pas l'ultime satisfaction de voir exposer mes Ensor dans le musée d'Ernst Jacher, puisque avant l'ouverture dudit musée — que toute cette affaire empêche injustement — M. Jacher eut cette désastreuse idée philanthropique de vendre *Le Ballet de masques* à la vente de bienfaisance que vous savez.

L'expertise plus sévère ou plus suspicieuse — cette intuition des experts ne laissera jamais de m'étonner et j'attends de ces procès en cascade qui s'annoncent qu'ils résolvent au moins cette énigme : qui ou quoi a donc poussé les experts, cette fois-là, à faire fi de toutes les évidences et à douter plus loin qu'un homme n'est normalement capable ? — l'expertise, donc, révéla par les analyses chimique, radiographique et dendrochronologique, que l'application de la matière de cet Ensor était contemporaine et qu'une cheville de bois du châssis où la toile était tendue ne pouvait provenir que d'un arbre — l'ironie des journalistes est imbécile et leurs titres ne me firent pas même sourire — planté bien après la mort du peintre.

Jacher, accusé, dut jurer sa bonne foi et déclencha, sous la table, comme toujours, le processus punitif scandaleusement rapide et efficace dont je suis victime et qui fait éclater, aux yeux du monde, toute la lumière sur les mensonges de ma vie.

Je ne désire pas que la justice mette la main sur Max, sur Émile, sur Jeanne, qui n'ont fait de tort — et je le crois du plus profond de mon âme — à personne, et qui n'ont pas commis l'erreur — que j'assume, pour ma part, et qui justifie ma situation présente — de devenir célèbres et de sortir du rang de leurs semblables. Tout le mal du monde vient de là.

Je vous remercie, enfin, cher Maître, de m'avoir laissé faire ces aveux comme je l'entendais, seul, dans ma cellule, et sur le papier. Je ne voulais pas me limiter aux faits qui vous intéressent, qui intéressent la justice. Vous et la justice, je voulais vous intéresser à la seule chose intéressante : la vie d'un homme, toute la vie d'un homme.

La justice ne devrait pas faire la *part* des choses. C'est ce qui la rend forcément et tragiquement injuste. Je vous ai donc présenté ma vie, tout entière. Vous pourrez sans doute juger certains faits, certains actes. Vous devrez probablement le faire. Mais au moment de juger vraiment, de juger l'homme, de juger ma vie, j'espère que vous aurez des doutes, et l'humilité de vous découvrir incompétent.

Je veux dire : empêché.

À partir de quel bien, en effet, et de quel mal, jugerez-vous l'homme, le peintre, l'artiste, le faussaire, l'illustrateur, le fils, l'ami, le père, l'époux, le veuf ?

Toutes ces facettes ne sont-elles pas un étrange mélange ? Comment pourrez-vous unifier votre sentence, et ne pas vous perdre, comme je me suis perdu, dans ce — permettez-moi — ce *Ballet de masques* ?

Merci encore, oui, finalement, car j'ai pu faire la chose la plus cohérente de ma vie en écrivant cette confession d'un seul jet. Cela m'a pris une semaine, ou presque. Nous sommes vendredi soir et j'achève. Je me reposerai le septième jour. Vous ne serez donc pas étonné si l'impression me vient d'avoir en vérité recréé ma vie.

Dans cette cellule, isolé de toutes les possibilités du monde, indépendant pour une fois de ces propositions et de ces événements qui nous mènent aveuglément par les chemins de la vie, je me sens libéré, libre enfin, et je comprends que, contre toutes les apparences, rien n'est plus étranger, rien n'est plus hostile à la liberté véritable que de devoir faire des choix. Et que rien n'est plus éloigné de la vérité toute pure que l'idée du vrai et l'idée du faux.

Voici ma vie. Je l'ai écrite. Vous l'avez lue. Jugez.

« Qui peut me dire si je feins ? »

GIAMMARIA ORTES

Calcolo sopra il valore dell'opinioni umane

DU MÊME AUTEUR

Aux Éditions Gallimard

MADRID NE DORT PAS, 2005
EXCUSEZ LES FAUTES DU COPISTE, 2006 (Folio *n° 4779*)
LEURS VIES ÉCLATANTES, 2007

Composition Imprimerie Floch
Impression Novoprint,
à Barcelone, le 2 septembre 2008
Dépôt legal : septembre 2008

ISBN 978-2-07-035861-8 /Imprimé en Espagne.

160265